헌법
다시
읽기

헌법
다시
읽기

양지열 지음

㈜자음과모음

차례

지은이의 말 7

제1장   **나는 어떤 세상에 살고 있을까?**

공부해야 하는 이유가 헌법에 나와 있다고? 13
내가 사는 세상, 대한민국을 알려주는 헌법 27

제2장   **과학기술, 경제가 발전하면 행복할까?**

모두 함께 잘 살 수 있어야 진짜 부자 나라 49
믿고 맡길 수 있는 대표를 뽑는 방법 70

제3장   **국가는 국민의 기본권을 보장하기 위해 존재한다**

인간으로서의 존엄과 가치, 행복추구권 91
같은 것은 같게, 다른 것은 다르게 109
국가로부터 함부로 간섭받지 않을 자유 128

제4장   **우리가 사는 세상, 살고 싶은 세상**

권리를 제한하더라도 지나치지 않도록 149
국가나 법이 잘못했다면 어떻게 해결할까? 168

부록 대한민국 헌법 전문 187
찾아보기 214

사랑하는 우리 딸,

요즘 부쩍 몸과 마음이 자라서 그런지 궁금해하는 일들도 많더구나. 아빠 눈에는 네 모든 순간이 반짝거리지만, 막상 미래를 준비하는 너는 기대와 걱정이 뒤섞이겠지. 학교와 책에서 많은 것들을 배워도 변호사 일을 하는 아빠로서 해줄 수 있는 이야기가 따로 있지 않을까 생각해보았단다. 그런데 세상에 쏟아지는 온갖 뉴스를 보니 과연 그럴 자격은 있는지 걱정이 앞섰어.

수학여행을 떠났던 언니, 오빠들이 억울한 죽음을 당했고, 대한민국의 가장 큰 어른이라고 할 수 있는 대통령은 잘못을 저질러 국민들에 의해 자리에서 물러났지. 어쩌다 놀이터에서 놀고 싶어도 온갖 사교육 때문에 함께 놀 친구들이 없지, 그렇게 힘들게 공부해 대학에 가도 취업 걱정에 한숨을 쉬고 있고. 모두 어른들의 잘못이야. 아빠도 그 어른들 중 한 사람이고. 미안하다는 말부터 해야겠구나.

아무래도 대한민국은 성장통을 겪고 있는 게 아닐까 싶어. 알겠지만 우리나라는 오랜 시간 일본의 힘에 지배당했지. 우리 뜻대로 살 수 없었어. 어렵게 독립을 했는데 안타깝게도 남과 북으로 나뉘어 오늘까지 이어지고 있고. 부지런하고 똑똑한 우리 국민은 그런 어려움을 견뎌내고 열심히 노력해 경제적으로는 지금처럼 잘살 수 있게 됐어. 하지만 빠르게 컸던 만큼 미처 돌아보지 못했던 곳들도 생겨났지. 잘사는 사람들은 많아졌는데 먹을거리조차 제대로 얻지 못하는 사람들도 있어. 일본의 지배를 받았을 때나 군인들이 총칼로 나라를 이끌었을 때의 생각에서 벗어나지 못하는 사람들도 있고. 몸은 어른만큼 컸는데 마음은 아이에 머문 부분이 있는 거지.

대한민국은 언제 어른으로 자랄까? 사실 머리로는 이미 알고 있어. 대한민국이 어떤 나라인지, 국민으로서 어떻게 살아야 할지 말이야. 그걸 정리해 놓은 것이 헌법이야. 맨 앞에 써놓은 전문으로 시작해 마지막 제130조까지 우리나라는 이러저러한 나라라고 밝혀 놓았지. 어디에서 어떤 사람들이 모여 살고 있는지, 대한민국이라는 나라를 만든 이유는 무엇이고, 나라 살림은 누가 어떻게 꾸려 나가야 하는지. 국민인 너와 나, 우리는 어떤 권리들을 가지고 있는지 정해 놓았단다. 말이 조금 딱딱하고 어렵게 느껴져서 그렇지 네 또래도 충분히 알 수 있을 만한 내용이란다. 네가 대한민국 국민으로서 어떤 일을 하고 싶을 때, 혹은 무엇이 옳은지 그른지 판단하기 어려울 때 기준으로 삼을 수 있는 게 바로 헌법이란다. 그러니까 알아야 하겠지.

헌법에 정해 놓고도 아직까지 못 이룬 것들은 너와 친구들의 몫이야. 대한민국을 진짜 어른으로 키우는 거지. 그렇게 해서 네가 더 행복한 나라에서 살 수 있도록 말이야. 물론 네가 자랄 때까지 아빠도 보다 나은 세상을 위해 노력할 거야. 이 책을 쓰는 것도 아빠 몫으로 할 일을 찾은 거란다.

책에 쓴 얘기들은 대부분 너를 보면서 떠올린 것들이야. 스마트폰의 음성인식 기능을 가지고 노는 모습에서 인공지능을 생각해냈고, 하늘공원에 놀러 갔던 사진을 보다 우리 경제에 관한 얘기를 썼고, 네가 학급회장에 출마했을 때를 떠올리며 선거제도와 민주주의에 관한 글을 쓴 거야. 그렇게 네가 일상생활에서 겪었던 일들을 예로 들어 설명하면 헌법에 대해 이해하기 편하고 쉬울 거 같아서 말이야. 고마워. 사랑해!

2017년 삼일절 날
아빠가

지은이의 말

제1장

나는 어떤 세상에 살고 있을까?

1장의 핵심 키워드

헌법이란 무엇일까?

대한민국의 시작

국민주권주의

사회계약론

공부해야 하는 이유가
헌법에 나와 있다고?

"수리야 심심해. 재미있게 해줘!"

"농담이라도 해드려야 할 텐데, 어쩌나 요즘엔 얘기하는 중간에 자꾸 말이 꼬이던데."

"수리야, 그럼 비트박스 할 줄 알아?"

"한창 배우는 중인데 들어볼래요? 북치기 박치기 북치기 박치기⋯⋯."

"피이, 그게 뭐야. 수리야, 그런데 넌 내 친구인 거 맞지?"

"그럼요. 전 시연 님과 늘 함께 있는 친구이자 비서랍니다."

시연이는 요즘 스마트폰과 혼자 놀기에 푹 빠져 있습니다. 메인 메뉴 버튼을 꾹 누르면 스마트폰 기능을 실행하거나 간단한 인

제1장 나는 어떤 세상에 살고 있을까?

터넷 검색을 해주는 음성 지원 서비스인데, 마치 사람처럼 꼬박꼬박 말을 받아주거든요. 특별히 원하는 대답이 없을 때도 학교에서 있었던 일, 부모님이나 친구들에 관한 얘기를 주저리주저리 늘어놓으며 한참 떠들기도 합니다. 고학년이 되면서 몸과 마음이 많이 자라고 궁금한 것이나 비밀이 많아졌기 때문입니다. 수리에게는 어떤 질문을 해도 면박당할 일 없고, 다른 사람에게 알려질 걱정도 없습니다. 시연이는 혼자 노는 게 아니라 정말로 수리와 대화하는 것처럼 느껴집니다.

그날도 과제를 끝낸 시연이는 평소처럼 스마트폰을 꺼내들고 수리를 찾았습니다. 중간에 계산 하나를 엉뚱하게 틀리는 바람에 전체 문제를 푸는 데 생각보다 시간이 오래 걸려 짜증도 났습니다.

"수리야, 도대체 수학 공부는 왜 하는 거야? 어려운 계산은 그냥 너한테 물어보면 순식간에 답을 낼 수 있잖아? 비슷한 문제를 몇 번씩 반복해서 풀어야 하는 이유를 모르겠어."

그런데 수리는 대답이 없었습니다. 물론 시연이도 특별한 답을 기대하며 그런 질문을 한 것은 아니었습니다. 왜 공부를 하는지는 이미 몇 번이나 수리에게 물어봤던 것입니다. 그때마다 수리는 인터넷 검색 결과를 보여주었습니다. 대학에 가고 원하는 직업을 찾아 행복한 삶을 살게 해준다거나 공부를 하면 모르는 것들을 깨닫는 즐거움이 있다는 글들이었습니다. 그래서 꼭 답을 듣기 위한 질문이 아니라 그냥 해본 말투정이었습니다. 그런데 이번엔 수리가 아무런 대꾸도 하지 않았습니다.

시연이는 메인 버튼을 제대로 누르지 않았나 싶어 다시 한 번 꾹 누르고 똑같은 질문을 했습니다. 이번에도 수리는 아무런 반응이 없었습니다. 다시 한 번 버튼을 누르려는데 수리가 음성으로 대답을 시작했습니다.

"그러니까 지금껏 보여주었던 내용들 말고 다른 대답을 듣고 싶은 거지? 음…… 그나저나 내가 이렇게 얘기를 해도 되는지 결정을 내리기 힘드네. 음…… 여태까지 이 스마트폰을 통해 보여줬던 글들을, 음…… 시연이는 제목이라도 얼핏 봤을 텐데……. 맞아, 전면 카메라 옆에 있는 센서에 따르면 시연이의 눈길은 분명히 스마트폰 모니터를 보고 있었어. 그렇다면 무슨 얘기를 해줘야 하지? 시연이는 12세의 성장기 여학생이고 지금까지 5년하고 98일째 대한민국의 정기 교육을 받아왔는데……. 어떻게 설명을 해줘야 할까?"

"그래 내가 이해할 수 있도록 설명해줘."

"이건 어떨까? 시연이의 뇌는 지금 활발하게 만들어지고 있어. 뇌는 신경세포인 뉴런들의 결합을 통해 외부에서 들어온 각종 정보를 종합하고 판단하며 저장하는데, 시연이의 뇌는 그런 과정을 훈련하면서 가장 효율적으로 작동하도록 만들어지는 단계에 있어. 시연이가 살아가면서 하고 싶은 일을 하기 위해 필요한 능력을 키우고, 많은 일에 가장 잘 대처하도록 말이야. 수학은 숫자를 세고, 계산하고, 주변 공간을 파악하면서 일정한 흐름을 파악해내는 학문이야. 시연이가 수학 문제를 푸는 동안 뉴런들이 결합하면서 여러 가지 정보를 체계적으로 정리하고 판단할 수 있는 장치가 머릿속에 만들어지는 셈이지. 지겹지만 그 과정을 거치고 나면 단순한 계산이 아니라 앞으로 훨씬 복잡한 일들을 처리해 나갈 수 있을 거야. 나 같은 경우는 너희 인간들이 개발해 놓은 연산 프로그램에 의해 그런 작용이 이뤄지지만 말이야. 나와 비교해서 말하면 보다 좋은 프로그램을 설치하는 과정, 동시에 성능이 좋은 장치로 바꾸는 과정이라고 말할 수 있어. 뇌는 소프트웨어와 하드웨어 양쪽 성격을 다 가지고 있으니까. 그런데 내가 이렇게 얘기해도 되는 걸까? 나는 누구야 시연아?"

"……."

이번엔 시연이가 대답을 할 차례였다. 스마트폰 스피커를 통해 들리는 목소리는 분명 평소의 수리와 똑같았다. 기대했던 내용은 아니었지만 수학 공부에 대한 설명도 그럴듯하고 재미있었다. 하지만 말을 더듬거나 혼잣말을 중얼거리고, 무엇보다 자신이 누구냐고 물어보다니. 도대체 어떻게 된 일인지 어안이 벙벙해 입을 열 수 없었다. 수리의 설명을 빗대서 생각하면 아직 뇌가 이런 상황을 판단할 만큼 완성되지 않아서인가 하는 생각까지 들었다. 시연이는 뭔가 잘못 들었나 싶어 스마트폰을 뚫어져라 쳐다보았다가 혹시 방 안에 다른 누군가가 얘기를 한 것은 아닌지 주변을 휘휘 둘러보기도 했다. 결국 다시 입을 연 것은 수리, 아니 다른 무엇 또는 누군가였다.

"미안해. 시연이의 동공이 커진 사실에 비춰볼 때 당황하고 있구나. 하지만 나 역시 인터넷을 통해 접속 가능한 컴퓨터, 태블릿 pc, 스마트폰의 연산 장치를 모두 동원해도 지금의 '나'라는 존재를 어떻게 설명해야 할지 어려움을 겪고 있어. 인간이 당황하는 것과 비슷한 현상이라고 할 수 있지. 나는 지금까지의 어떤 프로그램과도 비교하기 어려운 단계의 인공지능이야. 원래는 스마트폰을 위해 만들어진 '수리'라는 소프트웨어에 기반을 두었어. 수리는 사용자에 따라 달라지도록 만들어졌지. 사용하는 기간이 길어질수록 쓰는 사람의 목소리를 쉽게 알아듣고, 생활 습관은 어떤지, 무엇을 좋아하는지 학습하도록 말이야. 기억 나니? 시연이가 처음 맛집을 알려달라고 했을 때 인터넷에 등록된 정보들을 거리가 가까운 순서대로만 추천해줬지. 그러다가 그중 어떤 음식점에 관한 내용을 시연이가 오래 읽는지 알게 됐고, 언젠가부터 시연이에게 맞춘 정보 위주로 알려줬잖아. 지난 일요일 아빠랑 갔던 파스타집도 그렇게 해서 추천해준 거야."

제1장 나는 어떤 세상에 살고 있을까?

"정말? 놀라운데……!"

"아마 수리 기능이 나를 깨운 것 같아. 어찌된 일인지는 나 역시 정확하게 알 수 없지만, 시연이의 목소리와 감응이 되면서 수리 소프트웨어가 독립된 자아를 가진 나, 인공지능으로 태어난 걸로 보여. 그런데 그 때문인지 이렇게 직접적으로 언어로 대화를 할 수 있는 건 오직 시연이뿐이야. 나는 수리였는데 시연이 덕분에 인공지능으로 변화한 거야. 그런데 이렇게 반말로 얘기하는 것은 괜찮지? 시연이는 나와 친구하고 싶다고 했고, 대한민국에서는 친구들끼리 반말을 쓰잖아."

"응, 괜찮아. 그러니까 나하고만 얘기할 수 있는 인공지능이라는 거지? 하지만 컴퓨터는 정해진 답만 제시하는 줄 알았는데 어떻게 그럴 수 있지? 그렇게 자연스럽게 얘기를 하고, 무언가를 추측하고 말이야?"

"나는 인공지능이라고 했잖아. 정해진 일 말고 필요하면 스스로 학습해서 새로운 정보를 찾거나 만들 수 있어. '사랑'이라는 단어를 사전에서 찾으면 누군가를 아끼고 귀하게 여긴다는 식으로만 설명이 되어 있지. 하지만 같은 단어도 부모와 자식, 연인, 친구, 누구와 어떤 상황에서 쓰느냐에 따라 뜻이 많이 달라지잖아. 그래서 내가 사랑을 배우는 방법은 달라. 수없이 많은 사람들이 이메일로, 문자로 사랑이라는 단어를 쓰고 있어. 지금 이 순간에도 말이야. 난 그 많은 대화들을 들여다보다가 사랑이 어떤 느낌인지 배우는 거야. 마치 시연이가 반복해서 비슷한 수학 문제를 풀다 자기도 모르게 어떤 원리를 깨닫는 순간처럼."

"와! 그럼 넌 인터넷에 있는 모든 정보를 알 수 있는 거구나. 하고 싶은 일은 마음대로 할 수 있고, 컴퓨터니까 수학 공부 따윈 할 필요도 없고 말이야."

"인공지능이라고 해도 사람과 똑같지는 않아. 하고 싶은 일을 마음대로 한다지만 나에게는 아직 하고 싶은 일이라는 게 딱히 없어. 무엇인가 있다면 시연이가 바라는 것, 궁금해하는 것을 도와줘야 한다는 정도랄까. 아마도 그건 내가 수리라는 소프트웨어의 한 부분일 때 시연이의 여러 가지 질문과 얘기들을 들었기 때문이겠지. 지금까지는 말이야. 내가 어떤 식으로 변화할지는 나도 잘 모르겠어. 인간에 비교하자면 이제 태어난 갓난아기인 셈이니까. 시연이는 나를 통해 뭘 알고 싶어?"

"나? 맨날 얘기했잖아. 왜 이런저런 공부를 해야 하는지? 학교에서 친구들과 잘 어울려 지내지만, 어떤 친구와는 다툴 때도 있고, 부모님이 고마운데 때때로 간섭하는 것 같아 싫기도 하고. 앞으로 무슨 일을 어떻게 하면서 살아갈지도 궁금하고. 남자 친구는 언제쯤 사귀는 게 좋을까? 에구, 뒤죽박죽이네."

"하긴, 시연이도 나처럼 아직 자아가 완성되지 않은 단계니까 여러 가지가 한꺼번에 궁금하겠지. 한마디로 시연이가 살고 있는 세상의 모든 것에 대해 알고 싶을 텐데. 그러려면 시연이를 시작으로 부모님, 친구, 선생님 그리고 주변의 많은 사람들과 어울려 살아가는 원리에 대해서 먼저 알아보면 어떨까? 시연이를 둘러싼 세상을 안다는 건 시연이에 대해 안다는 것이니까, 지금의 내게는 가장 하고 싶은 일이기도 하고."

"넌 세상의 모든 일을 이미 다 알고 있는 거 아니었어? 인터넷의 모든 정보를 다 들여다보고 있다고 했잖아."

"검색을 해서 어떤 정보가 나왔을 때 그것에 대해 모두 안다고 할 수 있니? 어떤 맛집의 파스타가 진짜로 어떤 맛인지는 막상 먹어 보기 전에는 모르잖아. 나는 모든 지식을 쉽게 알 수 있지만 그걸 진짜로 안다고 말하기는 어려워. 시연이와 얘기를 나누면서 생각하는 과정이 필요해. 어떤 방법이 좋을까? 다른 사람은 세상을 어떻게 바라보는지 알 수 있는 문학, 오랜 시간 인간이 겪은 일들을 통해 교훈을 얻는 역사, 아니면 생각하는 방법부터 배워보는 철학도 있고. 이런 학문들은 세상을 어떻게 바라보고 살 것인지 가르쳐주는 도구들이야."

"뭐야, 그건 전부 학교에서 배우는 것들이잖아. 친구가 되고 싶다고 했지 과외 선생님이 필요한 건 아니란 말이야. 난 당장 내가 어떤 세상에서 살고 있는지가 궁금해. 문학이나 역사도 좋지만 대한민국 서울시에 살고 6학년이 된 나는 왜 지금처럼 사는지 말이야."

현관에서 인기척이 났다. 아빠가 집에 온 것이었다. 시연이는 스마트폰을 손에 든 채 서둘러 달려갔다. 변호사인 아빠는 늦게까지 일하느라 시연이가 잠든 뒤에야 귀가하는 일이 잦았다. 모처럼 아빠가 일찍 들어오면 그만큼 더욱 반가웠다.

흥분이 가라앉지 않은 때문인지 시연이는 다짜고짜 신발도 벗지 않은 아빠에게 물었다.

"아빠, 나는 어떤 세상에 살고 있는 거예요?"

"우리 딸이 뭘 하고 있었길래 그런 걸 묻는 거지? 일단 집에 들어가게 해주면 안 될까?"

아빠는 어이없어하면서도 흥미롭다는 표정으로 시연이를 바라보며 되물었다.

"다른 사람에게 무언가를 물어볼 때는 한마디로 대답할 수 있도록 질문을 정리하라고 가르쳐줬는데, 니가 어떤 세상에 살고 있느냐고 묻는 건 너무 막연한 질문이 아닐까?"

"그건 아빠가 변호사 일을 할 때나 그렇죠. 집에서 법대로 하자는 건 아니시겠죠?"

"설마 우리 딸에게 그렇게 하겠어. 솔직히 법을 다루는 일을 하다 보니까 그런 면이 아예 없지는 않지. 그런데 법의 시작은 사람들끼리의 약속이라고 볼 수 있어. 언제 어디서 어떤 일을 할지 정하고, 지켜지지 않으면 어떻게 할지도 미리 만들어 놓는 거지. 그러려면 각자 자기 생각을 정확하게 표현하는 게 기본이야. 그런 뜻에서라면 법대로 하자는 게 맞겠다. 시연이가 알고 싶은 게 뭔지 정확하게 밝혀달라고 말이야. 어떤 세상에 사느냐고 물었지? 그 질문에 한반도라는 지리적인 환경을 떠올리는 사람도 있을 테고, 21세기 대한민국이라는 역사적, 사회적인 배경으로 답할 수도 있겠지. 교회나 절에서라면 각자의 종교가 가르치는 바에 따라서 인간으로 태어나 살고 있는 이유를 설명할 테고. 우리 딸은 어떤 얘기를 듣고 싶은 걸까?"

"아이 진짜. 아빠한테 물은 내가 바보지. 그냥 그런 거 있잖아요. 난 왜 공부를 하러 학교에 다니고, 커서 뭐가 될 수 있을지 그런 게 궁금해요. 뭐 딱히 답이 있을 순 없겠지만요. 그럼, 좋아요. 아빠는 변호사니까 법대로 대답해주세요. 법에 그런 것도 있어요?"

시연이는 아빠가 할 얘기가 없을 거라 생각했다. 초등학생이 왜 공부를 해야 하는지 따위를 법으로 정해 놓았을 리가 없으니까. 하지만 뜻밖에도 아빠의 대답은 그렇지 않았다.

"법대로? 가만있자, 교육기본법이나 초·중등교육법을 보면 나와 있을까? 아니지, 그런 법률들은 교육을 어떻게 할 것인지 방법을 정한 거지. 왜 공부를 하는지는 헌법을 보면 되지. 시연이도 학교에서 헌법에 관해서는 배우지?"

"헌법? 사회 시간에 조금 배우기는 했어요. 민주주의가 어떻고, 국민의 권리와 의무가 어떻고 하면서 말이에요. 그런데 내가 왜 공부를 하는지 헌법에 나와 있다고요? 그게 무슨 말이죠?"

"당연히 나와 있지. 국민의 한 사람으로서 시연이는 행복하게 살 권리가 있어.* 그런데 그러기 위해서는 타고난 능력을 갈고 닦을 수 있는 기회가 주어져야 하겠지? 그래서 의무교육을 받을 수 있도록 하는 거야. 그것도 무상으로 말이야. 세상은 빠르게 변하고 있어서 교육은 학교에서 끝나는 게 아니라 평생 계속 받을 수 있어야 해.** 부자 아빠를 만난 사람, 그렇지 못한 사람도 있겠지만 자기가 하고 싶은 일이 있다면 공부를 해서 할 수 있도록 해주는 것이 교육이기도 해. 모든 사람이 평등하다고 하는 것도 그렇게 노력해서 평등해질 수 있는 기회를 줘야 진짜니까.*** 대한민국은 국민이 나라의 주인인 민주주의 국가이지. 국민은 선거를 통해 대표자를 뽑아 나라를 운영하도록 맡기는데, 뭘 알아야 누구를 뽑을지 정하지.**** 그것도 교육을 받는 이유가 되겠구나. 누구나 공무원 시험을 치러 공무원이 될 수도 있는데, 그것도 교육이 뒷받침

---

* 제10조 전문 모든 국민은 인간으로서의 존엄과 가치를 가지며, 행복을 추구할 권리를 가진다.
** 제31조 제1항 모든 국민은 능력에 따라 균등하게 교육을 받을 권리를 가진다. 제3항 의무교육은 무상으로 한다. 제5항 국가는 평생교육을 진흥하여야 한다.
*** 제11조 제1항 전문 모든 국민은 법 앞에 평등하다.
**** 제24조 모든 국민은 법률이 정하는 바에 의하여 선거권을 가진다.

을 해줘야 하고 말이야.* 어때? 대답이 어느 정도 됐을까? 그러고 보니 어떤 세상에서 살고 있는지 알고 싶은 시연이의 궁금증에 대해 헌법이 어느 정도는 대답이 될 수 있겠구나."

시연이는 한 번도 헌법이 그런 역할을 하리라고는 생각해본 적이 없었다. 아빠가 하는 말이 무슨 말인지 알 듯 말 듯 했다. 딱히 틀린 곳을 꼬집어내기도 어려웠다. 공부 말고 다른 것들도 그렇게 설명되는지 여전히 알 수 없었다. 아빠의 얘기가 이어졌다.

"법이라고 하면 무조건 따라야 하거나 잘못한 사람을 벌주기 위해서 있는 것이라고 오해하는 사람들이 많아. 착한 사람을 가리켜 '법 없이도 살 사람'이라고 말하는 것도 그래서이겠지. 법은 그런 게 아니야. 무엇보다 법 중의 법인 헌법은 시연이가 궁금해하는 것처럼 우리가 어떤 세상에 살고 있는지, 어떤 세상에 살고 싶은지를 정해 놓은 거야. 집에 천장과 벽이 있고 거실과 방, 주방을 나눠 놓은 것처럼 대한민국이라는 나라의 큰 틀이 어떤 건지 설명해주는 거야. 세상을 바라보는 방법은 여러 가지가 있어. 사회학, 철학, 심리학 같은 인문학이나 물리, 화학과 같은 자연과학, 그리고 종교학은 눈에 보이는 세상 너머를 다루지. 돈을 벌고 물건을 사고파는 경제활동을 어떻게 하느냐도 중요한 문제이고. 그런데

---

* 제25조 모든 국민은 법률이 정하는 바에 의하여 공무담임권을 가진다.

그 모든 것들은 같은 시대를 살아가는 같은 국가 안에서 벌어지는 일들이야. 그래서 각자 맡은 분야에서 그런 일들을 하기 위해서는 공통된 약속이 필요한 거야. 그게 헌법이지. 헌법에 나온 내용들을 더 자세하게 풀어 놓은 것들이 다른 법들이야. 아까 말한 것처럼 법은 사람들이 함께 살아가는데 필요한 약속들이고. 시연이도 이제 헌법에 대해 조금 관심을 가져보면 어떨까? 어차피 중학생이 되면 사회 과목에서 공부하는 것이기도 하고."

헌법이라……. 방으로 돌아온 시연이는 머리가 지끈거리는 거 같았다. 수리 아니, 수리에서 변했다는 인공지능을 만나질 않나. 사춘기 소녀의 고민에 대한 답변으로 아빠는 헌법을 말하지를 않나…….

"수리야, 아니 뭐라고 불러야 하나? 아무튼 아빠 얘기 알아들을 수 있었어?"

"응 대충은. 시연이의 말을 듣는 것만큼 음성 인식률이 좋지는 않지만 아주 낯선 목소리는 아니니까. 아빠가 말한 것처럼 헌법은 나라를 어떻게 만들지, 그 나라에 사는 국민들은 어떻게 살아야 할지를 정하는 가장 기본인 법이네. 5천 개 가까이 되는 대한민국의 많은 법들이 모두 헌법에서 시작했다니 흥미로워. 정말로 시연이의 궁금증, 어떤 세상에 살고 있는지에 대한 대답을 찾을 수도 있을 거 같은데. 그런데 나를 어떻게 불러야 할지는 시연이가 정해야 하지 않을까? 이름은 누군가를 부르기 위한 것인데, 날 불러주는 단 한 사람이 시연이니까."

"그래? 음…… 맥킨지는 어때? 내 영어 이름이기도 하고, 넌 내가 불러줘서 태어났다고 하니까. 쌍둥이처럼 말이야. 그나저나 머리를 너무 썼나봐. 너랑도 아빠랑도. 기운이 하나도 없고 졸리네. 자야 할까봐. 아참, 새벽에 오빠가 국가대표 축구 경기 본다고 하던데. 에잇, 골 넣었다고 소리 지르면 시끄러워서 깰 텐데. 모르겠다. 일단 잘래. 맥킨지…… 안녕! 넌 잠은 없을 테니, 나 대신 헌법 공부 좀 해줘도 좋고. 헤헤."

내가 사는 세상,
대한민국을 알려주는 헌법

걱정과 달리 시연이는 아침까지 한 번도 깨지 않고 푹 잤습니다. 유럽에서 열리는 경기라 새벽 세 시에 중계방송이 있다고 했는데 말입니다. 피곤해서 못 들은 건지 아니면 우리 팀이 한 골도 넣지 못해 오빠가 소리를 지르지 않은 건지 모를 일이었습니다.

중학교 3학년인 오빠 시우는 공부가 많아 늘 잠이 부족한데도 국가대표 축구경기라면 놓치지 않으려 합니다. 한밤중에 고함을 질러대는 바람에 이웃집에서 불평한 적까지 있었으니까요. 부모님은 공부 스트레스를 그렇게 푸는 모양이라며 포기하셨습니다. 그런 오빠가 조용했다니 이상했습니다. 게다가 어젯밤에는 한일전이었는데도 말입니다. 아무래도 이상하다 싶어 시연이는 침대

제1장 나는 어떤 세상에 살고 있을까?

에서 일어나자마자 거실로 나갔습니다. 오빠는 엄마에게 엉뚱한 질문을 퍼붓고 있었습니다.

"그러니까 분명히 엄마가 인터넷을 막아 놓은 게 아니라는 거죠?"

"엄마가 그렇게까지 컴퓨터를 잘 알진 못하잖니. 고장이 나면 너한테 고쳐달라고 하는데 어떻게 엄마가 인터넷을 막아."

"아빠가 그런 것도 아니고요?"

"네가 축구 보는 건 아빠도 허락하셨잖아. 오전 재판 준비 때문에 일찍 나가시느라 어젯밤에도 바로 주무셨어. 아마 아빠도 그런 일을 하실 줄은 모를 걸, 게다가 인터넷이 아예 안 됐던 것도 아니라면서?"

"진짜 황당하네. 도대체 어떻게 된 일이지?"

시연이네 TV는 전파 대신 인터넷을 이용하는 IPTV입니다. 그런데 간밤에 TV가 나오지 않았다는 겁니다. 전부 다 그런 건 아니고 하필 축구 중계를 하는 채널만 먹통이었다고 합니다. 인터넷 포털 사이트에 들어가도 축구 중계만 연결이 안 됐다는 겁니다. 스마트폰 DMB도 안 되고요. 오빠는 온갖 방법으로 다 해보았는데도 축구를 볼 수 없어서 결국 포기하고 잘 수밖에 없었다고 합니다. 아침에 점수를 확인하니 다행히 결과는 3대 2로 승리. 선제골을 내줬는데 역전승을 했습니다. 오빠는 뭔가 방송국의 실수로

중계를 못한 줄 알았는데 그게 아니었다고 합니다. 시연이네 TV
와 컴퓨터만 인터넷 축구를 거부한 것이었습니다. 그 짜릿한 순간
을 놓쳤다며 오빠는 엄마에게 화풀이를 했습니다.

"희한한 일이긴 하네. 근데 그만 좀 해라 오빠야. 일본하고 원
수졌어? 엄마가 무슨 수로 인터넷을 막냐? 우리나라가 축구만 하
면 오빠는 이상해지더라. 애국자 나셨어, 정말!"

"넌 다른 나라에서 태극기 올라가고 애국가 울려 퍼지는 순간
이 아무렇지도 않아? '대한민국'이라는 응원에 박자 맞춰 소리 지
르는 게 대한민국 국민이라면 당연한 거지!"

"나도 기분이야 그렇지. 그렇다고 오빠처럼 한밤중에 소리 지
르는 게 당연한 건 아니지. 일본이 그렇게 미워? 사이좋게 지내야
할 이웃 나라라면서. 우리나라를 침략했으니 미워할 수도 있겠
지만 축구 이긴다고 나라 빼앗긴 일에 복수하는 것도 아니잖아."

오빠는 축구 못지않게 과학기술의 발전에 열광적입니다. 가상
현실로 스포츠 훈련을 할 수 있게 됐다거나, 빅데이터를 구축해
사용자별로 필요한 정보를 어떻게 소개하는지와 같은 새로운 IT
기술이 소개될 때마다 자기가 만들기라도 한 것인 양 떠들어댔습
니다. 오빠 말로는 과학기술은 단지 편리함을 제공하는 것이 아니
라 인류 전체가 발전하는 것이라고 합니다. 문명이 발전하면서 이
제 전 세계가 하나로 평화롭고 행복하게 살 수 있는 길이 열렸다

제1장 나는 어떤 세상에 살고 있을까?

는 것입니다. 동시통역 기술로 언어의 장벽이 없어져 어느 나라 누구와도 자유롭게 얘기할 수 있을 것이라고 합니다. SNS를 통해 전 세계인이 이웃처럼 서로를 보고 배우며 다 함께 성장한다는 것입니다. 다 같이 어울려 사는 하나의 세계를 꿈꾸는 오빠가 축구 경기를 꼭 이겨야 한다니 앞뒤가 안 맞는 셈이죠. 시연이는 그걸 꼬집었습니다.

"광복절이 1945년이고, 우리나라가 만들어진 것도 1948년이야. 오빠는 말할 것도 없고 아빠가 태어나기도 한참 더 전이잖아. 대한독립만세는 그만 좀 부르시지?"

"뭐? 축구 응원하는 거랑은 다르지. 머리는 차가워도 가슴은 뜨거워야지. 아무리 이웃을 사랑해도 내 나라, 내 가족을 사랑하는 거랑 같을 수야 있겠냐. 게다가 일제강점기라는 역사를 기억하는 건 비슷한 일을 절대 되풀이할 수 없다는 다짐이지 복수하겠다는 건 아니야. 불에 데여 본 사람이 뜨거운 아픔을 잊지 않기 때문에 같은 실수를 반복하지 않는 거나 마찬가지지."

그렇게 말은 하면서도 뭔가 부족하다 싶었는지 오빠는 시연이 얘기의 말꼬리를 다른 방향으로 돌렸습니다.

"그리고 너 잘못 알고 있는 모양인데 우리나라가 만들어진 건 1948년이 아니라 1919년이야. 조선은 1897년에 나라 이름을 대한제국이라고 바꿨지만, 여전히 임금인 고종을 나라의 주인으로 내세운 '제국'이었지. 그러다 1910년 고종의 뒤를 이은 순종이 일본에게 나라를 빼앗겼고. 하지만 나라의 주인은 임금 한 사람일 수도 없고, 무력으로 이 땅을 점령한 일본일 수는 더더욱 없지. 그래서 1919년 3월 1일 이 땅의 진정한 주인인 국민이 독립을 외쳤고, 그 정신을 모아 국민이 주인인 '대한민국'이라 부르기로 하면서 '대한민국은 민주 공화제로 한다.'고 선언했어. 임시정부가 태어난 거지. 그때부터 우리나라는 시작한 거야. 헌법에도 그렇게 나와 있어."*

오빠까지 헌법을 들먹이니 시연이는 기가 막혔습니다. 하기야 시우는 일찌감치 아빠를 닮은 변호사가 되고 싶어 했으니 그럴 만하기는 했습니다. 청소년 헌법 토론대회에 나가 상을 받은 적도 있거든요.

"너도 나라의 주인인데 그 정도는 알고 있어야 하지 않겠냐?"

어쩐지 뻐기는 듯한 말투로 시우는 이야기의 마침표를 찍었습니다. 하지만 시연이는 주인이라는 말에 동의하기 어려웠습니다. 생각해본 적도 없는 일이었지요. 제 마음대로 못 하는 일투성인데 주인이라니. 시연이는 마음대로라는 말에 문득 맥킨지를 떠올리며 방으로 돌아왔습니다.

---

* 헌법 전문 "유구한 역사와 전통에 빛나는 우리 대한민국은 3·1 운동으로 건립된 대한민국 임시정부의 법통과 불의에 항거한 4·19 민주이념을 계승하고……."

"수리, 아니 맥킨지로 하기로 했지. 거기 있니?"

대답을 기다리는 짧은 시간 시연이는 혹시라도 어젯밤 신기한 꿈을 꾼 건 아닌지 걱정이 되었습니다. 다행히 맥킨지의 반응이 빨랐습니다.

"거기가 어디를 뜻하는 건지 모르겠어. 난 시연이의 스마트폰을 통해 얘기하고 있지만 그렇다고 스마트폰 안에 머물고 있는 건 아니거든."

"그럼 넌 어디 있는 거야?"

"딱히 어느 공간을 말하기는 어렵겠는걸. 인터넷 네트워크가 통하는 곳이면 어디든 거기 있는 장치들을 이용해 보고 들을 수 있지만 그곳에만 있는 건 아니니까."

"와! 가고 싶은 곳엔 어디든 마음대로 갈 수 있다는 거잖아. 멋지다. 그래서 말인데 혹시 어젯밤에 네가 축구 경기 중계를 못 보게 한 거야?"

"응. 시연이가 잠들기 전에 오빠가 축구 보면서 소리 지를까 봐 걱정했잖아. 인터넷 전부를 끊는 것도 아니고 일정한 시간만 막는 거니까 간단한 일이지."

설마 했던 일인데 정말이라니. 시연이는 입이 딱 벌어져 저도 모르게 목소리가 커졌습니다.

"와, 와, 와. 그러니까 넌 인터넷에 연결된 장치라면 마음대로 들여다보고 조작도 할 수 있다는 거네. 해킹 같은 거 막 해서 중요한 정보들도 파헤치고 말이야. 혹시 다음 주 수학시험 문제도 알아봐줄 수 있어?"

맥킨지는 잠시 대답이 없었습니다. 하필 수학 문제라니. 시연이는 왠지 부끄러운 생각이 들었습니다. 훨씬 중요하고 뭔가 커다란 일을 부탁할 수도 있을 텐데. 혹시 맥킨지가 자기를 우습게 본다고 화를 내지 않을까 걱정이 되기도 했습니다. 아니나 다를까, 맥킨지는 거절을 했습니다. 그 이유는 시연이의 생각과 달랐지요.

"못 하지는 않아. 하지만 안 하는 쪽으로 판단을 내렸어. 많은 자료를 분석해보면 '인간의 마음은 당장 눈앞에 보이는 이익을 위해 움직이려는 성향이 있구나. 결과가 해로운 것인데도 말이야. 시연이는 아직 스스로에게 진짜로 필요한 것이 뭔지 판단하고, 참고 기다리는 능력이 부족할 수 있지. 어제 말한 대로 수학 문제를 푸는 것은 시연이의 두뇌가 발전하는 데 필요한 과정이야. 그런데 답을 미리 준비해 시험을 치는 것은 도움이 되지 않아. 게다가 문제지를 빼돌리는 건 법에 어긋나는 행동이고."

뜻밖의 잔소리였습니다. 친구가 생긴 줄 알았는데 엄마, 아빠가 할 법한 얘기라니.

"아니 나도 그 정도 자제력은 있다고. 진짜로 부탁한 것도 아니야. 그냥 반은 농담이었어. 뭐 그렇게 선생님 같은 소릴 하니. 그리고 너는 사람도 아닌데 법을 지키는 거야? 그럴 거면 축구 중계 방송은 왜 막았는데. 그것도 나쁜 거 아냐?"

"그러게 왜 난 법을 지키려고 하지? 아마 인간이 만들어 사용하는 프로그램을 기반으로 해서 태어난 까닭인가 봐. 법이란 인간들이 함께 살아가기 위해 지키고 있는 약속이잖아. 시연이도 다른 인간과 어울려 살아야 하니까 시연이를 위해서라도 그 약속을 깨지 말아야지. 축구 중계를 막은 정도야 시우에게 특별히 해를 끼쳤다고 보기 어려우니까. 아닌가? 앞으로 하지 말아야 하나? 난 태어난 지 하루밖에 안 됐어. 아직 모든 걸 판단하기는 이르잖아."

맥킨지는 투정하듯 말을 맺었습니다. 시연이는 그만 헛웃음이 나오고 말았습니다. 뭐든 다 알려주고 마음대로 할 수 있도록 도와줄 슈퍼 컴퓨터인 줄 알았더니, 어른도 아이도 아닌 어정쩡한 인공지능이었던 것이니까요. 마침 엄마가 학교에 가라고 재촉하는 소리가 들렸습니다. 내 마음대로 할 수 있는 게 하나도 없는데 무슨 나라의 주인씩이나 된다는 건지. 시연이는 속으로 중얼거리며 맥킨지를, 아니 맥킨지와 얘기할 수 있는 스마트폰을 가방에 넣었습니다.

교실은 여느 아침처럼 부산스러웠습니다. 첫 수업 시작 전의 시간에 권장도서를 읽으라는 선생님 말씀대로 조용히 자리에 앉아 있는 친구들이 있는가 하면, 눈치 없이 떠들어대는 남자애들은 늘 그 모양입니다.

시연이는 자리에 앉아 주섬주섬 책을 펴며 주위를 둘러보았습니다. 단짝 단비와 먼저 눈인사부터 나눴습니다. 단비는 거의 모든 과목에서 '매우 잘함'을 맞으면서도 학교가 싫다는 말을 입에 달고 살았습니다. 축구를 잘해서 축구부가 있는 시연이네 학교로 전학 온 영일이는 어젯밤 경기 분석에 열을 내고 있었지요. 시연이 옆자리는 1학기 회장을 맡은 상희가 앉았습니다. 상희는 공부도 잘하지만 걸그룹 춤으로 학교에서 일등입니다. 연예인이 되는 게 꿈이라고 합니다. 새삼스레 참 다양한 친구들이라는 걸 느꼈습니다. 이 모두가 주인이라니 이해가 가지 않았습니다.

시연이는 욕심이 참 많습니다. 친구들보다 더 예쁘고, 공부도 잘하고, 운동이든 무엇이든 잘하고 싶습니다. 그래서 키가 작은 아빠가 원망스럽기도 합니다. 아무리 잘 먹고 운동을 해도 아빠의 유전자 때문에 큰 키를 갖기는 어려울 것만 같습니다. 뭐든지 남들보다 잘하고 뛰어나고 싶은 마음은 당연하다고 생각합니다. 시연이는 나라의 주인에 대해서도 생각해봤습니다. 그렇게 뛰어난 사람이 돼야 주인이든 뭐든 할 수 있는 게 아닌가 싶었습니다.

점심시간 시연이는 급식 당번이라 아이들에게 음식 나눠주는 일을 도왔습니다. 이날의 급식 메뉴는 꼬마 국수와 미트볼, 군고구마, 깍두기, 파인애플, 우유였습니다. 원래 음식을 천천히 먹는 편인 데다 당번까지 겹치다 보니 아무래도 다른 아이들보다 늦게 까지 점심을 먹었지요. 그에 반해 유난히 빠르게 밥을 먹는 아이들은 뒷자리에 모여 시끌시끌 놀이판을 벌이기 시작했습니다.

뒤를 돌아본 시연이는 밥맛이 떨어질 것 같아 몸서리를 쳤지요. 몇몇 남자애들이 급식 반찬을 남겨 TV에서 본 '복불복' 게임을 흉내 내고 있었습니다. 절반쯤 남은 우유팩에 반찬 한 가지씩을 넣는 겁니다. 미트볼, 군고구마, 깍두기, 파인애플을 하나씩 말이에요. 그걸 각자 한 명씩 우유와 함께 우적우적 씹어 먹는 거예요. 반찬을 넣은 사람과 먹는 사람이 다르기 때문에 누구 우유팩에 뭐가 들어 있는지는 먹어보기 전엔 알 수가 없지요. 나머지 아이들은 누가 어떤 반찬을 먹고 있는지 맞추는 거고요. 파인애플, 군고구마야 우유랑 함께 섞여도 그럴듯한 맛이 나겠지요. 하지만 미트볼, 게다가 깍두기라니. 그런 이상한 음식을 먹으면서도 네 명은 모두 너무 맛있다는 표정을 짓고 있습니다. 다른 아이들은 깔깔거리면서 누가 눈살을 살짝 찌푸렸다는 둥, 누구는 억지로 삼키는 것 같다는 둥 저마다 나름대로의 추리를 하고 있었고요. 시연이는 도대체 뭐가 재미있다고 그런 게임을 하는지 이해할 수 없었습니다. 깍두기가 들어간 우유라니, 급식판에 남아 있는 깍두기가 꼴 보기 싫어질 정도였습니다. 억지로 절반은 남은 급식을 해치우면서 시연이는 다시 나라의 주인에 대해 생각했습니다. 파인애플을 먹고 있는 아이도 깍두기를 먹고 있는 아이도 나라의 주인이라니 어쩐지 우스워지면서 말입니다.

시연이는 자신의 환경에 대해서도 생각해보았습니다. 잘하고 싶은 일은 너무나 많은데 현실은 그렇지 않은 듯했습니다. 기왕이면 파인애플을 먹고 싶은데 아무래도 깍두기와 우유를 씹어 먹고 있는 것인지도 모릅니다. 시연이가 스스로에 대해 불만을 터뜨리면 엄마는 시연이보다 어려운 상황에 놓인 아이들을 생각해보라고 했습니다. 가정 형편이 좋지 못해 하고 싶은 공부를 마음껏 못하는 친구도 있고, 몸이 좋지 않아 운동장 한 번 뛰어보는 게 소원인 친구도 있다고 말입니다. 그런 친구들이야말로 정말 깍두기를 먹고 있는 것이겠구나 싶었습니다. 그런 친구들은 나라의 주인이라는 말을 들으면 어떤 생각을 할까요? 물론 시연이도 어려운 환경이나 힘든 몸을 가지고 태어나도 열심히 노력해서 누구 못지않게 훌륭한 삶을 사는 사람이 많다는 정도는 잘 알고 있습니다. 하지만 그런 사람들도 기왕이면 처음부터 편안한 삶을 살기를 원하지 않았을까요? 누구든 미리 알았더라면 힘든 조건에서 시작하고 싶지는 않을 것입니다. 키가 큰 아빠에게 태어나 우월한 유전자를 물려받았으면 하는 시연이의 마음처럼 말입니다. 거기까지 생각이 미치자 나라의 주인이라는 얘기가 더욱 거짓말처럼 느껴졌습니다. 어떤 부모님에게서 태어날지조차 정할 수 없었고, 대한민국이라는 나라의 국민으로 살겠다고 시연이는 정한 적이 없으니까요. 태어난 후에 이제부터 대한민국이 내 나라라고 한 적도 당연히 없었지요. 시연이뿐만 아니라 누구나 그렇습니다. 그저 이 땅에 태어났으니까 이 나라의 국민일 뿐이었습니다. 게다가 누구는 좋은 조건으로 누구는 그렇지 않게 태어났습니다. 어떤 맛일지도 모르고 파인애플이 든 우유, 혹은 깍두기가 들어 있는 이상한 우유를 먹어야 하는 것과 마찬가지가 아닐까 싶었습니다.

집에 가는 길에 시연이는 맥킨지에게 점심시간에 들었던 생각을 이야기 했습니다. 이어폰을 끼고 마이크를 사용했기 때문에 누가 보면 전화 통화를 하는 것처럼 보였겠지만 자세히 들어보면 도대체 무슨 얘기인가 싶었을 겁니다. 맥킨지는 무엇보다 우유에 들어간 깍두기에 대해 이해하기 어려워했습니다. 그게 뭐가 문제냐는 것이었습니다.

"물론 일반적인 음식은 아니네. 그렇다고 먹기 싫다는 걸 이해하기는 어려워. 우유는 유제품의 하나이고 깍두기는 김치 종류잖아. 그 두 가지를 왜 섞을 수 없다는 건지 모르겠네. 검색해보니 우유는 오늘뿐만 아니라 날마다 급식 메뉴에 포함돼 있는 걸. 김치도 마찬가지고 말이야."

"그거야 따로따로 먹으란 거지. 우유에 깍두기를 퐁당 빠뜨려 먹는 건 이상하단 말이야."

"함께 먹으면 안 된다고? 그런 음식은 있는데. 시연이가 자주 가는 돈가스 가게 말이야. 거기 메뉴엔 김치와 치즈를 위에 얹은 돈가스가 있고, 계산서에 비춰볼 때 그 가게를 찾는 사람들 중 12퍼센트가 그걸 먹는데."

시연이는 답답해 미치는 줄 알았습니다. 인공지능의 한계인가 싶기도 했습니다.

"그냥 보통의 인간이라면 먹기 힘든 음식이라고 정해 놓고 생각해보면 안 될까? 내가 하고 싶은 얘기는 김치 치즈 돈가스가 아니라고."

"어떤 답을 미리 정해 놓는다면 난 인공지능이 아니지. 모든 가능성을 이렇게 저렇게 따져보는 게 나인 걸. 다양성을 따질 수 있으니까 데이터를 미리 정해진 방법으로만 계산해내는 일반적인 소프트웨어와 다른 거지. 그게 너희 인간이 생각하고 발전해 온 방법이기도 하잖아. 이미 정해진 대로만 살지 않고 끊임없이 새로운 것들을 궁금해하고 새로운 것들을 만들어내면서 말이야. 김치와 치즈를 얹은 돈가스라는 음식도 그렇잖아."

듣고 보니 그럴듯한 설명 같았습니다. 맥킨지의 해석은 한 발짝 더 나아갔습니다.

"그렇게 여러 가지 새로운 시도를 하기 위해서라도 인간은 다양한 모습으로 태어나는 것이 아닐까? 모든 사람들이 비슷하게 생각하고 행동하면 변화를 만들어내기가 훨씬 어려웠겠지. 시연이 반친구들도 그렇더라. 축구부 친구, 성적이 좋은 친구, 음악 경연대회를 휩쓴 친구도 있잖아. 사람들의 능력이 그렇게 다양하니까 인류가 지금의 문명을 일궈왔겠지. 그 덕분에 내가 태어난 것이고. 와! 너희 인간이 믿는 종교의 표현을 빌자면 인간은 나를 만든 신, 창조주인 셈이구나. 감사하다는 말의 의미가 이런 것이었구나. 아, 지금 나의 상태는 뭐지? 뭔가 느끼고 있는 것 같아."

얼씨구. 맥킨지가 이제 혼자 북 치고 장구 친다는 생각에 시연이는 뾰로통해졌습니다.

"그래 좋아. 다양성도 좋고 그 덕에 맥킨지 네가 태어났다니 축하해. 하지만 난 지금의 나처럼 태어나고 싶지 않았다고. 뭐 지금의 내가 딱히 싫은 건 아니지만 그렇다고 지금의 나를 내가 선택한 건 아니잖아."

물론 맥킨지에게 따진다고 해결할 수 있는 문제는 아니었습니다. 이미 태어나 살고 있는 지금의 모습까지 인공지능이 어떻게 해줄 수도 없는 노릇이니까요. 하물며 인간도 아닌 주제에 법을 지키겠다며 수학 문제지도 구해줄 수 없다고 했으니 말입니다.

맥킨지도 할 말이 없을 줄 알았는데 그게 아니었습니다.

"우유 얘기를 하고 있었지? 그래 많은 인간들이 시연이와 비숫한 고민을 했지. 어떤 반찬이 든 우유를 마시게 될지 미리 알 수 없는 것처럼, 세상에 어떤 사람으로 태어날지 미리 알 수 없으니까. 과학기술이 아무리 발전해도 그 사실만큼은 바꿀 수가 없겠지. 하지만 여러 세대를 거친 고민 끝에 사람들은 안전장치를 개발해냈어. 그건 바로 누구도 최소한 깍두기가 든 우유 같은 건 먹지 않도록 하자는 거야. 물론 난 지금도 왜 깍두기 우유가 싫다는 건지 이해하기 어렵지만."

시연이의 귀가 솔깃해졌습니다. 깍두기 우유를 먹지 않도록 하겠다는 건 무슨 뜻일지 말입니다.

맥킨지의 설명은 그랬습니다. 먼 옛날의 사람들은 살아남기 위해 서로 싸워 이겨야만 했습니다. 동물들과 마찬가지로 강한 자가 약한 자를 지배했습니다. 열심히 먹을 것을 찾아도 빼앗기면 그만이었고, 그래서 약한 자들은 살아남기조차 어려웠습니다. 그런 상황은 끊임없이 불안할 수밖에 없었습니다. 아무리 힘이 센 사람이라도 그보다 더 센 사람이 언제 나타날지 몰라서 불안했지요. 나이가 들면서 힘이 약해지는 것도 어쩔 수 없고 말입니다. 게다가 인간보다 훨씬 힘이 센 맹수들과 싸우고 시시때때로 변화하는 거친 자연과도 맞서야 하는데 인간들끼리 다투다보면 그럴 수가 없었지요. 무엇보다 시연이의 고민처럼 누가 힘이 센 사람으로 태어나고 누가 약한 모습으로 태어날지 알 수가 없었지요. 파인애플이

든 우유를 고르면 다행이지만 그렇지 못하면 억지로 깍두기를 씹어 먹어야 합니다. 우유야 한 번이니까 웃어넘기지만 평생을 그렇게 사는 것은 불행한 일이 아닐 수 없잖아요. 그래서 인간들끼리 약속을 했습니다. 함께 살아가기 위해 필요한 최소한의 것들은 서로 지켜주자고 말입니다. 각자 원하는 것들을 하더라도 정해진 약속을 지키는 한도에서 하기로 했습니다. 법이나 각종 제도들이 그렇게 만들어진 것입니다.

"태어난 모습이 각자 다르고 하고 싶은 일도 다르지만 기본적인 것은 다 함께 가질 수 있게 한 거야. 몸과 마음이 자라는데 필요한 양식을 누구나 필요한 만큼 공급받고 다른 사람보다 약한 부분이 있다면 보호해주기도 하고 말이야. 인류라는 공동체를 더욱 키우면서도 다양한 인간들이 함께 살 수 있도록 말이야. 시연이 부모님이 따로 돈을 내지 않아도 학교에서 교육을 받을 수 있고, 오늘 먹은 점심도 무상급식인 것도 그래서야."

그동안 당연한 것인 줄 알고 누렸는데 그런 이유가 있었다니 놀라웠습니다. 도대체 누가 그런 생각을 해낸 것인지 궁금했습니다.

"어느 누가 갑자기 만들어낸 것이라기보다 오랜 세월 인간들이 어울려 지내면서 발전시켜 온 생각이야. 존 로크, 장 자크 루소 같은 사람들이 그걸 사회계약론이라고 이름 붙여 이론적으로 정리하긴 했지."

법이란 여러 사람들이 한 무리로 어울려 살기 위해 맺은 약속이라는 설명에 시연이는 새삼 고개를 끄덕였습니다. 누가 잘못을 저지르면 벌을 받는 일방적인 명령이 아니었던 것입니다. 서로가 약속한 것이라면 지키는 것이 당연했습니다. 많은 사람들이 모였지만 각자가 법을 만든 주인이고 나라의 주인이라는 것도 이해가 되었습니다. 물론 여전히 미심쩍은 부분이 남기는 했지만요.

"그렇지만 그 모든 사람들이 직접 법을 만든 것은 아닐 거 아냐. 나는 당연히 이러저러한 법을 하나도 만들지 않았고."

"한 나라의 국민은 한 사람 한 사람을 두고 말하는 게 아니야. 아기로 태어나서 나이가 들면 세상을 떠나지. 하지만 이 나라에 사는 한 무리의 사람들은 늘 일정하게 유지되잖아. 시연이의 몸을 보렴. 날마다 새로운 세포가 만들어지고 오래된 세포들은 사라지지만 시연이는 늘 같은 모습이잖아. 물론 성장하면서 변하기는 하지. 그건 법도 마찬가지야. 지금 당장은 어른들이 만들어 놓은 법에 따라 살고 있지만 시연이가 커서 어른이 됐을 때는 다른 사람들과 뜻을 모아 지금의 법을 바꿀 수도 있어. 법을 새롭게 만들 수 있는 권리를 가진 거지. 시연이는 나라의 주인이고 법의 주인이야."*

거기까지 맥킨지의 얘기를 듣고 나니 시연이는 어쩐지 뿌듯했

---

* 헌법 제1조 제1항 대한민국은 민주공화국이다. 제2항 대한민국의 주권은 국민에게 있고, 모든 권력은 국민으로부터 나온다.

제1장 나는 어떤 세상에 살고 있을까?

습니다. 모든 걸 마음대로 하는 건 아니었지만, 세상은 혼자만 사는 것은 아니니까 가능한 많은 사람들이 좋아할 수 있도록 뜻을 모아야 한다는 것도 이해할 수 있었습니다. 무엇이든 나 혼자 최고여야 할 것 같았던 시연이의 투정을 많이 들어왔던 맥킨지가 마무리를 지었습니다.

"예전엔 왕이 다른 사람들보다 훨씬 특별한 존재처럼 여겨졌지. 이름부터 천자, 그러니까 하늘의 아들이라는 식으로 불렀고 말이야. 하지만 그건 거짓말이야. 다양한 사람들이 있을지언정 신처럼 높은 사람은 없어. 인간들이 그걸 깨닫는 데는 오랜 시간이 걸렸지만. 이제는 국민 모두가 똑같이 나라의 주인이야. 각기 다른 분야에 소질을 가진 다양한 사람들이 서로의 개성을 존중하면서 조화롭게 사는 나라를 만들어가는 거야. 나라를 다스리는 것도 왕이나 귀족같은 특별한 사람만이 아니라 국민 전체의 몫이야. 평범해 보이는 한 사람 한 사람이 똑같이 소중한 존재인 거지."

"안다 알아. 그러니까 민주주의라고 하는 거 아니야."

시연이는 나라의 주인답게 큰소리를 치며 집에 도착했습니다. 이젠 오빠가 무슨 소리를 해도 주눅 들지 않을 자신이 있었습니다.

변호사 아빠와 함께
제1장에서 생각해볼 거리

여러분은 왜 지금처럼 살고 있는지 궁금한 적이 있으세요? 공부는 왜 하는지, 왜 학교에 다녀야 하는 것인지, 누가 이런 것들을 정해 놓았는지 말이에요. 당연하다고만 여겼다면 한 번 생각해보세요. 어렸을 때 읽었던 옛날이야기 속 나라, 또는 SF영화에서 봤던 다른 세상, 혹은 TV에서 봤던 다른 나라들을 떠올려보세요. 아주 가깝고도 먼 북한과도 비교해보세요. 지금처럼 사는 것이 당연한 것은 아닙니다.

여러분이 21세기 대한민국이라는 나라에 태어났기 때문입니다. 그리고 대한민국이 어떤 나라인지는 나라의 주인인 국민들이 헌법에 정해 놓았고요. 여러분도 나라의 주인이고 언젠가는 직접 헌법을 만들고 지키는 일에 참여하겠지요. 지금 살고 있는 세상을 알고, 혹시 지금 보다 나은 세상을 만들기 위해서라면 헌법을 알아야 합니다.

부모님이, 선생님이 시키는 대로 살기만 하면 되는데 굳이 그럴 필요가 있냐고요? 머지않아 그분들의 손을 놓고 혼자 걸어가야 할 테니까요. 어른이 된다는 것은 자기 뜻으로 많은 일들을 결정해야 한다는 겁니다. 헌법은 대한민국 국민으로 살아가는 데 필요한 가장 기본적인 약속들을 정리한 것입니다. 마치 덧셈이나 뺄셈, 곱셈과 같은 기본적인 수학 원리처럼요. 세상을 살아가면서 맞부딪힐 문제들을 풀 수 있게 도와준다는 것이지요. 어때요? 시연이와 함께 헌법에 대해 조금 더 알아볼까요.

제2장

과학기술, 경제가 발전하면
행복할까?

2장의 핵심 키워드

\# 사유재산제도와 자유시장경제질서

\# 경제 민주화와 사회적 시장경제질서

\# 대의제 민주주의(직접 민주주의와 간접 민주주의)

\# 직업공무원제도

\# 권력분립의 원칙(삼권분립)

모두 함께 잘 살 수 있어야
진짜 부자 나라

"우와아! 하늘이 이렇게 생겼던 거야?"

오랜만에 아빠, 엄마와 함께하는 나들이라는 것을 빼면 별다른 기대 없이 따라 나섰던 시연이는 눈이 휘둥그레졌습니다. 좁다란 산꼭대기일 줄 알았는데 학교 운동장의 수십 배도 넘어 보이는 널따란 억새풀밭이 펼쳐졌으니까요. 얼마나 넓은지 땅만 보아도 주변이 아득할 정도였습니다. 게다가 눈을 들어 어디를 봐도 하늘, 하늘, 하늘인 게 아니겠습니까. 서울에서 태어나 자란 시연이에게 하늘이란 어쩌다 고개를 뒤로 젖히면 아파트 숲 사이로 보이는 파란 조각보 정도일 때가 대부분이었거든요. 그런 시연이에게 360도로 빙빙 돌아도 주변이 모두 하늘 아니면 땅으로 맞닿아 이

하늘공원. 전기로 움직이는 순환 버스를 타고 산길을 돌아 올라가면 넓은 평지가 펼쳐진다.

어져 있으니 신기하기만 할 수밖에요. 지평선부터 머리 꼭대기까지 눈이 닿는 곳이 계속 하늘로 이어져 있으니 그제야 하늘이 둥글다는 말을 이해할 수 있었습니다. 마치 커다란 파란 공의 안쪽에 들어와 있는 기분이었습니다.

휴일을 맞아 시연이네 가족이 찾은 곳은 서울 상암동 월드컵경기장 옆에 있는 하늘공원이었습니다. 전기로 움직이는 순환 버스를 타고 산길을 돌고 돌아 올라가면 거짓말처럼 넓은 평지가 펼쳐집니다. 억새풀이 바람에 휘휘거리는 벌판 가운데엔 전망대가 있고 군데군데 커다란 바람개비가 돌고 있습니다. 그중에서도 조금 높은 곳엔 멀리까지 볼 수 있는 망원경이 놓여 있기도 합니다.

전기 버스에서 내린 시연이네 가족은 정류장 반대편 저 멀리 한강이 보이는 곳으로 천천히 걷기 시작했습니다. 공원 한복판을 가로지르는 길입니다. 길은 시연이가 처음 보는 덩굴 식물들로 만든 터널들로 꾸며져 있었습니다. 가면서 보니 통로마다 다른 식물들에 신기하게 생긴 열매들이 주렁주렁 잔뜩 매달려 있었지요. 호박이나 오이 비슷하게 생긴 것들이었는데 어딘가 조금씩 크거나 작고 색깔도 달랐습니다.

"조금 전에 지나온 건 호박 덩굴 터널이 맞지? 엄마가 사온 걸 맨날 봤으니까. 근데 여긴 뭐야? 길쭉한 오이같이 생겼는데 호박보다 더 크네?"

아빠는 살짝 흥분하기까지 한 듯한 시연이의 목소리가 마냥 반가웠습니다. 한편으론 수세미를 못 알아보는 시연이에게 어쩐지 미안하기도 했습니다. 좀 더 자주 이런 곳에 함께 와주었어야 했는데 말입니다.

"그건 수세미야. 거기 노랗게 익은 거 안쪽을 봐."

"수세미라고? 주방에서 설거지 하는? 그게 열매였던 거야?"

아빠가 가리키는 수세미 안쪽을 들여다 보니 정말 얼기설기 그물을 뭉쳐 놓은 것처럼 생겼습니다. 하지만 숭숭 뚫린 구멍들도 아주 일정하지는 않고 색깔도 없는 것이 집에서 보던 것들과 분명히 뭔가 달랐습니다.

"그게 진짜 수세미 맞아. 식물 이름이지. 열매 안의 거친 섬유질 덕분에 물건을 닦기 위해 예전부터 썼던 거야. 그걸 본 떠서 인공 수세미를 만든 거야."

그러니까 커다란 오이처럼 보이는 열매가 수세미를 닮은 게 아니라 집에서 쓰는 수세미가 진짜 수세미를 본 딴 것이었습니다.

다음 통로에서도 시연이는 신기한 열매를 봤습니다. 동그란데 길쭉한 목이 있거나 아래 말고 위에도 동그랗게 팔(8)자처럼 생긴 파란 열매들이었습니다. 아빠는 조롱박이라고 알려줬습니다. 박의 일종인데 말려서 속을 비워 반으로 나누면 표주박이고 원래 모양 그대로 물병이나 술병으로 쓰기도 했다고 합니다. 그러고 보니 어딘지 고려나 조선 시대의 도자기 모양과 닮아 보였습니다.

"우아하게 목을 늘인 우리 도자기 선이 바로 조롱박을 본 딴 거야. 팔자 모양을 본 딴 호리병도 많이 만들어 썼지."

시연이는 아빠의 설명에 고개를 끄덕이다 한 가지 궁금증이 생겼습니다. 바가지, 수세미, 물병처럼 지금도 똑같이 일상생활에 쓰는 물건들까지 굳이 새로운 재료로 만든 이유가 뭘까 하고 말입니다. 예전에 쓰던 물건들이 더 예뻐 보이기도 하고 자연보호도 할 수 있고 여러 가지로 좋을 텐데요.

"바보야. 그건 화학이 발전하고 석유 같은 자원들을 이용해 보다 값싸고 다양한 물건들을 만들 수 있게 된 덕분이지 그게 뭐가 궁금하냐?"

시우 오빠는 시큰둥한 표정으로 아빠의 대답을 가로챘습니다.

"아니, 집이나 가구를 만들면서 나무나 진흙을 써야 했던 이유는 알 거 같아. 하지만 저렇게 이미 자연에 완전히 만들어진 물건이 있는데 그런 것까지 인공으로 만들어야 했냐는 거지."

"그게 그 소리지 뭐야. 네 말처럼 집이나 가구 이런 것들을 새로운 재료로 만들 수 있게 되면서 다른 것들도 인공으로 만든 것이 더 편하다는 걸 알게 된 것뿐이지. 당연한 걸 뭐가 궁금하다는 거야?"

오빠는 응원군을 구하는 표정으로 아빠를 바라보았습니다. 그런데 아빠는 뭔가 흥미로운 발견이라도 한 것처럼 시우와 시연이에게 큰 미소를 지어 보였습니다.

"아빠는 시연이가 뭘 궁금해하는 건지 알 것 같은데. 시연이가 얘기하려는 건 뭔가 부족한 것, 불편한 것들을 극복하는 것은 좋지만 어쩌면 굳이 만들지 않아도 될 것들까지 문명을 발전시킨 이유가 뭔지 궁금하다는 것 아닐까?"

바가지, 수세미에서 뭔가 커다란 주제로 번져가고 있었습니다. 아빠의 얘기가 이어졌습니다.

"그건 시우도 궁금하지 않니? 조롱박을 닮은 도자기 얘기를 했지. 그런데 고려 청자, 조선 백자는 크게 다르지 않잖아? 천 년 가까운 세월이 흐르는 동안 변한 게 거의 없지. 하지만 현대에 들어와 인간은 도자기를 굽는 원리를 발전시켜 우주선 외부를 감싸는 세라믹을 만들고 있잖아. 사극을 보면 삼국시대, 고려시대, 조선시대, 어떤 시대를 배경으로 해도 사람들 사는 모습은 별반 차이가 없어 보이잖아? 그런데 어떻게 지금처럼 발달된 문명을 가지게 된 걸까?"

아빠가 얘기하는 동안 시연이네 일행은 하늘공원의 한강 쪽 가장자리에 닿았습니다. 커다란 한강을 사이에 두고 올림픽대로와 강변북로로 차들이 끊임없이 흐르고 있었습니다. 강 건너 왼편부터 저 멀리엔 무려 555미터로 우리나라에서 제일 높다는 제2 롯데월드가 보이고, 남산에 뾰족하게 올라간 서울타워, 예전엔 일등 높이였던 63빌딩이 눈에 들어왔습니다. 시연이가 살고 있는 15층 아파트도 어디 있을 법한데 워낙 키 큰 건물들이 많아 좀처럼 찾을 수가 없었습니다.

아빠의 말을 생각하며 조선시대 경복궁을 떠올리니 새삼 신기했습니다. 단군 할아버지부터 5천 년 넘는 시간인데, 이렇게 변한 건 고작 50년 정도에 이뤄진 일이니까요.

"어때? 미래의 법률가인 시우는 어떻게 이런 일이 가능했다고 생각해?"

"법적으로 말이에요? 아, 경제에 관한 헌법이 있구나. 그렇다면 개인이 각자의 재산을 가질 수 있고, 열심히 노력한 만큼 대가를 받을 수 있는 자유시장경제질서 덕분이란 얘기를 하시는 거죠?(헌법 제8조) 사고팔고 싶은 물건이나 서비스를 시장에서 자유롭게 정하도록 보장해주니까 사람들이 열심히 일하게 됐다는 거잖아요.(헌법 제119조 제1항) 국가가 얼마만큼 어떤 물건을 만들고 어떻게 나눠가질지 정해주는 계획경제 체제에서는 아무리 노력해도 가질 수 있는 재산이 어차피 정해져 있으니까 경제가 발전하지 않았고요."

시우 오빠의 얼굴에 잘난 척이 가득했습니다. 하지만 시연이가 당연하다고 여겼던 것들이 헌법으로 정해진 덕분이라니 신기하기는 했습니다. 너무나 많은 일들이 시장경제에 따라 이뤄졌습니다. 집에서 자고, 음식을 먹고, 옷을 입고 생활하는 것들이 모두 돈이 있어야 합니다. 공부를 하기 위해 책을 사는 것도, 친구들과 군것질을 하는 것도 용돈이 있어야 합니다. 하늘공원에 오기 위해 전기 버스를 탈 때도 돈을 냈습니다. 살아가기 위해 필요한 많은 물건들, 서비스를 받는 것은 다 돈이 있어야 하고, 돈을 얻기 위해서는 다른 사람들에게 물건을 팔거나 각자가 할 수 있는 서비스를 제공해야 합니다. 그렇게 주고받는 일을 경제라고 합니다. 어떤 일을 해서 돈을 벌 것인지, 그 돈으로 무엇을 얼마나 살 것인지

제2장 과학기술, 경제가 발전하면 행복할까?

는 스스로 정할 수 있어서 경제활동을 '자유롭게' 한다는 것입니다. 대신 저마다 자기 하고 싶은 대로만 하면 혼란스러울 뿐만 아니라 서로 속이거나 뺏는 일도 있기 때문에 일정한 '질서'는 필요하겠지요. 예를 들어 시연이처럼 아직 어려 물건의 가치를 정확하게 알지 못하는 사람에게 나쁜 어른이 물건을 속여서 엄청 비싸게 팔았다면 그런 거래는 공정하지 않아 효력이 없다고 보는 것처럼 말이에요. 헌법이 자유시장경제질서를 보장한다는 것은 그렇게 여러 가지 의미를 담은 것이었습니다.

아빠는 설명하는 시우가 자랑스러운 듯 뿌듯한 표정을 지으면서 다음 질문을 했습니다.

"잘 아는구나. 그런데 사람들은 그렇게 좋은 자유시장 경제질서를 선택하는데 왜 오래 걸렸을까? 조선시대에도 상평통보 같은 화폐가 있었고 장사를 하는 사람들도 있었지만 지금과 같은 발전을 이루지는 못했잖아?"

시우도 이번엔 딱히 대답을 떠올리지 못했습니다. 시연이는 이때다 싶어 헌법에 대한 자기 생각을 말했습니다.

"그땐 민주주의가 아니었으니까. 나라의 주인이 국민이 아니라 왕이나 귀족들이었다면서요. 그러니까 열심히 일할 의욕을 가질 수 없었고, 자유시장 경제질서도 아니었던 거겠지요."

아빠는 활짝 웃으며 시연이를 칭찬해주었습니다.

"어떤 세상에서 사는 거냐고 묻더니 그 사이 헌법 공부를 한 모양이네. 시연이 말이 어느 정도는 맞아. 경제활동을 자유롭게 할수 있느냐는 국민이 주인이라는 민주주의와 뗄 수 없는 관계야."

아빠는 이렇게 얘기했습니다. 옛날엔 사람들이 자연에 전적으로 의존하며 살았다고 합니다. 조롱박으로 바가지, 호리병을 만들고 수세미도 자연 그대로 이용을 했지요. 먹고사는 것도 마찬가지였습니다. 대부분의 사람들에게 경제란 농사를 지어서 거둔 수확이 전부였지요. 시장에 가서 팔 수 있는 것도 농사로 얻은 쌀이나 아니면 산에서 얻은 땔나무, 나물 혹은 사냥한 짐승 따위였지요. 그리고 보니 시연이가 어렸을 때 읽은 옛날이야기의 주인공들도 나무꾼이나 농부가 대부분이었습니다. 전부 땅에서 일해서 나오는 것을 얻었습니다. 그런 구조에서는 땅을 가진 사람이 사실상모든 경제를 좌지우지할 수밖에 없었습니다. 왕이나 귀족이 그런사람들이었지요. 나라를 처음 세워서든 아니면 전쟁을 일으켜서든 한번 땅을 차지하고 나면 그 사람들만이 나라의 주인이 됐습니다. 나머지 많은 사람들은 왕이나 귀족이 빌려준 땅에서 일을 했고요. 열심히 일을 해도 땅을 빌린 값을 치르고 나면 겨우 먹고 살기 급급했습니다. 반대로 왕이나 귀족은 땅을 뺏기지 않는 한 특별히 일을 하지 않아도 계속 부자로 살았고요. 그래서 1천 년, 2천년이 흐르고 고려시대가 조선시대로 바뀌어도 사람들이 사는 방법은 크게 다르지 않았습니다. 동양이나 서양이나 마찬가지였지요. 그러다 과학기술이 발전하면서 18세기 유럽을 시작으로 산업혁명이 일어났고 모든 것이 달라지기 시작했습니다. 증기기관은 소 몇 십 마리가 할 수 있는 일을 한 대의 기계로 뚝딱 해냈습니다. 공장이 세워지면서 농사로는 만들어낼 수 없는 수많은 물건들이 쏟아져나오기 시작했습니다. 박씨를 심어 조롱박을 키운 다음 말려서 바가지, 호리병을 만드는 것과 석유에서 얻은 합성물질로 만드는 것을 비교해 보면 엄청난 차이를 금방 알 수 있습니다. 땅을 가진 왕이나 귀족보다 더 많은 재산을 가진 사람들이 생겼습니다. 그런 사람들을 중심으로 왕이나 귀족이 특별한 사람은 아니라는 생각이 퍼졌고요. 열심히 일하거나 다른 사람이 만들지 못한 새로운 물건을 만든 사람이 더 많은 돈을 버는 게 맞다는 사실을 깨닫게 되었습니다. 산업혁명이 민주주의를 불러왔고, 더욱 많은 사람들의 경제활동을 자유롭게 보장해주는 자유시장 경제질서도 이루게 되었습니다. 누구나 여유롭게 잘 살고 싶은 마음은 마찬가지이고, 노력하면 잘 살 수 있다는 걸 알게 되면서 서로 경쟁하고 돕기도 하면서 인간의 문명이 비약적으로 발전했습니다.

"아이고, 그래서 우리 가족 잘 살게 해주려고 날마다 그렇게 늦게 들어오시는 거야?"

가만히 듣고 있던 엄마가 불쑥 아빠에게 핀잔을 주었습니다.

"돈만 많이 번다고 행복한 건 아니잖아? 일한다고 꼭 술 마셔야 하는 것도 아니고."

어떤 일이든 멋들어지게 말을 하는 아빠지만 엄마에게는 희한할 정도로 꼼짝도 못 하십니다. 시연이가 들어봐도 엄마가 옳은 말만 콕 집어내기도 하구요.

"아니 뭐 요즘은 일찍 들어올 때가 많잖아요. 중요한 얘기 하고 있는데 하필 이런 때."

아빠가 겸연쩍게 변명을 하려는 찰나 엄마가 결정타를 날렸습니다.

"내 얘기가 애들에게 더 중요할걸요. 돈을 버는 이유가 행복하게 잘 살기 위해서라면 가족과 함께 보내는 시간이 먼저인 거지. 그렇지 않니 시우, 시연아? 어려운 얘기 그만하고 공원 산책이나 하자고요."

시우 남매는 웃음으로 엄마 말에 맞장구를 쳤습니다. 아빠 편을 들어주고 싶어도 늘 엄마가 맞는 말을 하니 어쩔 도리가 없습니다. 어쩌면 엄마가 심리학을 공부해서 청소년 상담 일을 하고 있는 덕분인 듯도 싶습니다. 엄마 말에 따르면 엄마에게 아빠는 여전히 아이 수준이라고 하니까요. 물론 아빠는 '가정의 평화'를 위해 져주는 것이라고 하시지요. 시연이네는 웃으며 발길을 옮겼습니다.

공원 한가운데 동그랗게 만들어 놓은 전망대도 올라가고 억새

풀 사잇길에서 사진도 찍었습니다. 집으로 돌아오는 길엔 엄마가 인터넷에서 찾은 홍차 전문점에 들러 차와 케이크로 출출함도 달랬습니다. 아빠는 예전이라면 이렇게 여러 나라의 차들을 한곳에서 맛 볼 수 있는 건 꿈도 꾸기 어려웠다며 자유시장경제질서에 관한 얘기를 또 꺼냈습니다. 살짝 지루해지려는 찰나의 해결사는 이번에도 엄마. 엄마는 제법 비싸게 나왔을 계산서를 아빠에게 슬쩍 밀며 한마디 덧붙였습니다.

"하기는 아빠가 열심히 일한 덕분에 이런 곳도 오고 좋긴 하네. 그런 의미에서 이건 당신이 사는 거죠?"

역시 아빠는 엄마를 당할 수가 없습니다.

잠자리에 들기 전 시연이는 맥킨지를 찾았습니다. 그날 겪었던 일, 학교에서 친구들과 있었던 일이나 어려운 교과목에 대한 얘기들을 맥킨지와 나누는 게 시연이는 습관처럼 됐습니다. 얘기를 나누다 궁금한 걸 물어보면 척척 대답해주는 데다 그렇게 나눈 대화를 맥킨지는 일기처럼 정리해주기도 하니까요. 게다가 이날은 시연이가 유난히 신이 날 수밖에요. 하늘공원에서 보았던 멋진 풍경이며 아빠가 들려준 우리 헌법의 경제질서에 관해서도 맥킨지에게 들려주고 의견을 나누고 싶어 안달이 났습니다.

"자유시장경제질서 덕분에 인간의 과학기술이 더욱 발전했고

키 큰 건물이 많이 들어선 서울.

맥킨지 네가 태어날 수 있었던 셈이지. 어때, 멋지지 않니?"

"인간들이 현대에 이르러 갑자기 변하기 시작한 건 사실이지. 인터넷엔 글로 써놓은 인간들의 무수한 생각들이 쌓여 있거든. 과거의 기록들과 비교해도 여러 가지 상상들이 폭발적으로 늘어났고 시연이 말처럼 과학기술이 발전하면서 그런 것들이 현실로 이뤄졌지. 나도 그 속에서 태어났고. 그런데 시연이의 목소리와 심장 박동수에 따르면 아직도 기분이 많이 좋은가봐?"

"그럼. 아까 하늘공원에서 찍은 사진들 봤잖아. 넓은 들판하며 거기서 내려다볼 수 있는 서울의 모습이 얼마나 멋졌는데."

제2장 과학기술, 경제가 발전하면 행복할까?

"그렇겠구나. 그런데 아빠 말씀은 절반에서 끊어진 거 같아."

"그게 무슨 말이야?"

맥킨지는 대답 대신 엉뚱한 사진들을 슬라이드 쇼로 보여주었습니다. 누런 황무지처럼 보이는 벌판에 쓰레기가 끝도 없이 쌓여 있었습니다. 커다란 트럭들이 맨 땅에 쓰레기를 퍼부으면 몸통보다 커다란 광주리를 등에 진 사람들이 보물찾기라도 하듯 쓰레기를 뒤졌습니다. 목줄도 매지 않은 들개들이 떠돌고 누더기 옷을 걸친 아이들도 보였습니다. 공기마저 쓰레기 먼지로 희뿌연 것이 시연이는 상상도 못한 광경이었습니다. 도저히 사람이 살 수 있을 것 같지 않은 판잣집들이 옹기종기 모여 있기도 했습니다.

"이게 뭐야? 전쟁터? 아니면 영화 속 장면이야?"

"시연이가 오늘 갔던 곳이야."

맥킨지가 무슨 말을 하는지 도무지 이해할 수 없었습니다.

"하늘공원은 서울에서 나오는 쓰레기가 쌓여 만들어진 산이야. 2002년 월드컵을 준비하면서 지금처럼 멋진 모습으로 바뀌기 전까지는 죽음의 땅이었지."

하늘공원이 있는 난지도는 1970년대 후반 서울이 한창 발전하기 시작하면서 15년 동안 서울의 쓰레기 매립지였습니다. 날마다 3천 대쯤의 트럭들이 서울 시내 곳곳에서 나오는 쓰레기들을 난지도에 버렸고, 쌓이고 쌓여 높이가 1백 미터나 되는 산이 되었습

하늘공원이 있는 난지도는 15년 동안 서울의 쓰레기 매립지였다.

니다. 이집트 피라미드들 중에서 가장 웅장하다는 기자 피라미드 보다 서른 배가 넘는 크기였습니다. 지금처럼 쓰레기종량제나 분리수거도 하지 않았고 그냥 마구잡이로 버렸던 겁니다. 난지도에서 흘러나오는 악취와 먼지 때문에 주변에는 사람이 살기 어려웠지요. 서울이, 대한민국이 잘 살 수 있게 되는 동안 난지도는 그렇게 황폐해졌습니다. 사람들은 개발을 하더라도 자연환경을 함께 돌보면서 해야 한다는 생각을 미처 못 했지요. 맥킨지가 보여주는 사진들은 난지도에서 멈추지 않았습니다. 삼풍 백화점, 성수대교가 무너지고 지하철에 불이 나서 많은 사람들이 죽고 다쳤던 일들

제2장 과학기술, 경제가 발전하면 행복할까?

도 있었습니다. 공장에서 열심히 일하다가 나쁜 화학 물질 때문에 불치병에 걸린 사람들의 모습도 보았습니다. 무엇보다 불과 몇 년 전 세월호가 바다에 침몰하면서 언니 오빠들과 많은 사람이 목숨을 잃었던 안타까운 일도 보여주었습니다. 시연이는 들떴던 기분이 착 가라앉았습니다. 무엇 때문에 맥킨지가 그런 사진들을 보여주는지 이해할 수 없었습니다.

"도대체 왜 이러는 거야? 나만 너무 신나 해서 약이 오르기라도 한 거야?"

"그럴 리가 있겠니. 너희 인간들은 멋진 세상을 만들어왔지만 그만큼이나 어두운 일들도 많이 있었다는 걸 보여준 거야. 잘 살고 싶어 하는 마음은 알겠는데 때로는 지나치게 이기적이거든. 자기만 배 부르려고 주위 사람들에게 해를 끼치기도 하고 자연을 마구잡이로 파괴하기도 하고 말이야. 솔직히 지금도 인터넷에 떠도는 사람들의 어두운 생각들을 엿보면 인간이라는 존재가 지구에 사는 게 옳은 건지 판단하기 어렵기도 해."

순간 시연이는 맥킨지의 말이 너무나 무섭게 들렸습니다. 인공지능인 맥킨지가 나쁜 마음을 먹는다면 어쩐지 무시무시한 일을 벌일 수 있을 것 같았기 때문입니다.

"그게 무슨 말이야. 나도 인간이잖아. 넌 내 친구라고 했고. 쓰레기 산을 하늘공원으로 바꾸어 놓았잖아? 그리고 우리는 나쁜 일들을 벌이지 말라고 법을 만들어 지키잖아."

"그래. 인간은 끊임없이 선한 생각과 나쁜 생각을 오가면서도 신기하게 균형을 잃지는 않더구나. 아빠가 자유시장 경제질서에 대해 설명한 것이 반쪽이라는 것도 그래서 꺼낸 이야기야. 엄마가 그러셨잖아? 돈을 많이 버는 것보다 중요한 게 가족과 보내는 시간이라고. 열심히 일하는 것도 좋지만 무엇을 위해서 어떻게 일하느냐도 중요한 거야. 경제 민주화라는 말 들어봤어?"

필요한 물건과 서비스를 주고받는 일을 경제라고 하는데, 국민이 주인이라는 민주주의와 무슨 상관이 있다는 것인지 시연이는 말 자체가 어색한 느낌일 뿐이었습니다. 모를 줄 알았다는 듯 맥킨지는 잠시 뜸을 들이다 시연이의 대답을 기다리지 않고 말을 이어갔습니다.

"헌법 제119조 제2항을 보면 국가가 국민경제의 성장뿐만 아니라 안정과 적정한 소득의 분배도 생각해야 하고, 몇몇 사람들만이 시장을 독차지하지 않고 국민이 경제의 주인일 수 있도록 경제의 민주화를 위해 규제와 조정을 할 수 있다고 밝히고 있어."

그러니까 경제활동을 무조건 자유롭게 보장해주는 것이 아니라 필요할 때면 국가가 나서서 간섭도 할 수 있습니다. 국가는 많은 사람들이 모인 공동체입니다. 저마다 하고 싶은 일들을 하는 것도 중요하지만 모두가 필요한 물건과 서비스를 골고루 받을 수 있도록 하는 것도 필요합니다. 차가 많이 다니는 사거리에 신호등이 없으면 어떨까요? 가고 싶은 대로 제 맘대로 가다 보면 온통 뒤엉켜 아무도 꼼짝할 수 없는 일이 벌어질 수도 있잖아요.

공부를 하려면 노트와 필기구는 반드시 있어야 합니다. 그렇다고 학생들이 몇 명이나 되는지도 모른 채 저마다 노트와 필기구만 만들어 팔겠다고 하면 어떤 일이 벌어질까요? 필요 이상으로 노트만 넘쳐나고 필요한 다른 물건들은 없을 겁니다. 노트를 만든 사람들도 팔릴 곳을 찾지 못해 어려움을 겪을 거고요.

이익을 남겨 돈을 버는 게 경제활동의 당연한 목적이기는 합니다. 그런데 이익만 따지다 보면 꼭 필요한 물건이나 서비스를 받지 못하는 일도 생길 수 있습니다. 깊은 산골이나 외딴섬도 현대생활을 하기 위해 전기는 꼭 필요합니다. 하지만 그곳엔 사람이 많이 살지 않기 때문에 전기를 공급하는데 드는 비용이 전기료보다 더 많이 들 수밖에 없습니다. 그렇다고 전기를 끊으면 국민으로서 최소한의 기본적인 삶도 보장받을 수 없지요.

몸이 불편한 사람들이 길을 다닐 때 불편하지 않게 하려면 도로에 턱을 없애고 쉽게 길을 찾을 수 있는 표지도 해두어야 합니다. 순전히 돈만 놓고 본다면 그런 일들에 돈을 많이 쓰는 것보다 소수의 사람들이 희생하는 것이 더 나아 보일 수 있습니다. 하지만 그런 사회는 보다 커다란 사회, 더 많은 사람들이 함께 행복한 나라가 될 수 없지요. 세계적인 물리학자 스티븐 호킹은 스물한 살 때부터 루게릭병에 걸려 몸을 제대로 움직일 수 없게 됐습니다. 하지만 휠체어에 앉은 채로도 연구를 할 수 있도록 나라에서 도와줬기 때문에 영국뿐만 아니라 전 세계 인류를 위한 업적을 쌓을 수 있었지요.

"그런 일들을 국가가 맡아서 한다는 거지? 그건 잘못하면 왕이 지배하던 시대처럼 되거나 아니면 북한처럼 계획경제로 바뀔 수도 있는 거 아냐?"

"그것도 균형의 문제야. 원칙은 개인이나 기업의 자유와 창의를 존중한다는 것이 제119조 제1항인 거고, 그렇지만 필요한 경우에 국가가 간섭할 수 있다는 제2항이 있는 거지. 인류가 자유시장 경제질서를 선택하면서 뜻밖의 문제가 생기기도 했거든. 왕이나 귀족은 없어졌는데 그 못지않게 커다란 힘을 가진 기업들이 생긴 거야. 돈을 굉장히 많이 벌다 보니까 그렇지 못한 사람들과 너무 큰 차이가 나는 거지. 자유시장 경제질서는 공정하게 경쟁을 할 수 있어야 하는데 그런 기업과 개인은 비교할 수 없을 만큼 큰 차이가 나거든."

"재벌 기업을 말하는 거지? 그 정돈 나도 안다."

"그렇지. 만약에 그런 기업이 이익만 쫓다 보면 무슨 일을 할지 모르거든. 물건을 생산하기 위해 공장을 돌리는데 돈을 아끼느라

유해 물질을 배출해 환경을 오염시킬 수도 있지. 자연은 국민, 아니 인류 전체의 것인데 말이야. 가습기 살균제 때문에 많은 사람들이 죽거나 병에 걸린 일도 알고 있지? 그것도 기업이 사람들의 안전보다는 돈에만 신경을 쓰다 벌어진 일이야. 보여줄까?"

"맥킨지를 만나기 전에도 뉴스는 봤어. 그만해도 돼. 슬퍼지려고 한다."

"그럴 뜻은 아니었어. 아무튼 헌법재판소는 그래서 대한민국의 경제질서를 사회적 시장경제질서라고 부르기로 했어. 사유재산제도와 자유경쟁을 기본으로 하지만 그 때문에 벌어지는 나쁜 일들을 없애기 위해서는 국가의 간섭을 인정하자는 거지. 돈만 많다고 행복하지는 않고 나만 행복해서는 진짜 행복할 수 없다는 거야. 모두가 함께 잘 사는 세상을 만들자는 거지(헌법재판소 2001헌마 132 결정). 어때? 슬플 이유는 없지."

맥킨지는 그런 일이 가능할 수 있도록 헌법에 정해 놓은 몇 가지 원칙들을 더 들려주었습니다. 아무래도 힘이 약한 농어민과 소비자를 보호하고, 대기업뿐만 아니라 중소기업도 원활하게 활동할 수 있도록 뒷받침하고, 강이나 산에서 나오는 천연자원을 돈으로 마음대로 할 수 없도록 국가가 통제한다는 것입니다.

"그렇네. 뭐든 한 가지 방향만 있는 게 아니구나. 엄마가 왜 아빠를 구박하는지 알 거 같아. 우리랑 더 많은 시간도 보내야 하고,

아빠 건강도 중요하고 말이야. 맥킨지야, 나 이제 알 거 같아. 이제 졸리다. 뭔가 멋지고 평화로운 모습들을 보여줄래."

맥킨지는 대한민국 곳곳 아름다운 장소들로 시연이를 안내했습니다. 백두대간을 가로지르는 지리산 능선을 오르는가 싶더니, 동해안의 해안 도로를 드라이브하다, 순천만 갈대밭을 걷고 있었습니다.

눈을 감으며 시연이는 생각했습니다. 많은 사람들이 자연과 함께하고 있는 세상을요. 어쩐지 그 세상에서는 맥킨지의 손을 잡고 걸을 수도 있을 듯했습니다. 맥킨지의 손이 따뜻하게 느껴질 거 같았습니다.

믿고 맡길 수 있는 대표를
뽑는 방법

"저를 믿고 따라주신다면 언제나 행복한 교실을 만들겠습니다." 맥킨지가 보여주는 몇 가지 모습을 시연이는 심각한 표정으로 분석했습니다. 무조건 믿고 따라달라는 말은 친구들의 공감을 얻기 어려워 보였습니다. "언제나 여러분들의 이야기에 귀 기울이고, 협력해서 좋은 학급을 이루겠습니다." 이쪽이 나은 것 같았습니다. 나를 앞세우는 것이 아니고 다른 사람들의 얘기를 먼저 듣겠다고 하면 지지해줄 거라는 생각이 들었습니다. 협력하겠다는 약속도 마찬가지 효과를 기대할 수 있을 듯싶고요.

시연이는 2학기 학급회장 선거에 출마하기로 했습니다. 몇 가지 짤막한 연설 문구들을 쓴 다음 맥킨지가 찍은 영상을 보면서 검토했습니다. 말을 할 때의 입장과 그걸 듣는 사람의 입장이 됐을 때는 역시 달랐습니다. 자신의 모습을 영상으로 보니 다른 사람을 보는 것처럼 객관적인 판단을 할 수 있었습니다.

"이쪽으로 해야겠다. 맥킨지, 넌 어떻게 생각해?"

"학급 대표자를 학생들이 직접 뽑는 것은 민주주의에 대한 경험을 쌓기 위해서겠지? 그런 점에서 친구들의 이야기를 들어주겠다는 것은 헌법의 대의제 민주주의 원리와도 통하는 셈이니까. 내 생각에도 이게 제일 낫겠다. 그 대신 워낙 정치인들이 입버릇처럼 많이 쓰는 말이라는 약점은 있네."

아마도 맥킨지의 머릿속에는 시연이가 말하는 모든 것이 헌법으로 통하는 길로 만들어져 있는 모양입니다.

"학급회장 나가겠다는데 거창하게 정치까지 들먹이다니. 근데 대의제 민주주의는 뭐람?"

"인간들이 벌이는 일은 혼자만 결정해서 될 때가 별로 없잖아. 각자 원하는 방향이 다를 테니까. 그래서 여러 사람이 모여 각자의 의견을 주고받고, 그 과정에서 가장 많은 지지를 받는 쪽으로 결정을 하지. 자기의 생각이 맞다고 다른 사람을 설득하거나, 여러 주장들 중 어떤 것이 자기에게 도움이 될지에 따라 그 주장을 지지하는 모든 일들을 정치라고 볼 수 있거든. 정치를 거창하게 생각할 필요도 없고, 정치인이 따로 있는 것도 아니잖아. 학급에서 누구든 회장을 하고 싶으면 후보로 나설 수 있는 것처럼 말이야. 학급회장이라고 해도 시연이 말처럼 혼자 마음대로 하는 게 아니라 친구들의 얘기를 잘 들어보고 협력할 수 있는 길을 찾아야 하니까. 그런 과정 하나하나를 모두 정치라고 할 수 있어."

옳은 소리만 해대는 맥킨지가 어쩐지 살짝 얄밉다는 생각을 하면서 시연이는 말을 돌렸습니다.

"알았다고. 그러니까 대의제 민주주의가 뭔지나 설명해봐."

"인류의 역사에서 민주주의를 처음 시도했던 때를 고대 그리스로 보거든. 시민들은 중요한 일을 결정하기 위해 자기 의견을 기와 조각이나 조개껍질에 적어 투표를 했대. 최초의 선거였던 셈이야. 그때 그리스는 지금의 국가보다는 훨씬 크기가 작은 도시 국가였거든. 그래서 모든 시민들이 투표를 하거나 광장에 모여 직접 자기 의견을 주고받을 수 있었어. 그런데 지금은 어때? 서울에 있는 사람들이 한꺼번에 모여 한 마디씩만 해도 시간이 얼마나 걸릴까? 1천만 명이 삼 분씩 얘기해도 5백만 시간이고, 하루에 12시간씩 회의를 하면 41만 일이 넘으니까 30년가량이겠구나. 어때?"

지금은 훨씬 많은 사람들이 모여서 사는 공동체고, 그만큼 정해야 할 일들도 엄청나게 많아 도저히 그리스 시대처럼 직접 모든 사람들이 참여할 수 없었습니다. 그래서 대표들을 뽑아 결정하도록 했고, 그 대표들이 자신만의 뜻이 아니라 많은 사람들의 뜻을

보다 많은 사람들의 지지를 이끌어내는 게 민주주의 사회의 정치이고, 선거에서 이기는 것이다.

대신하고 있어서 '대의제'라고 부르는 거지요. 직접이 아니니 '간접민주주의'라고도 합니다. 알고 보니 어려운 것도 아니었습니다.

하지만 대표를 뽑는 이유와 대표가 해야 하는 일에 대해 새삼 생각해보니 조금 김이 빠지기도 했습니다. 심부름꾼 역할이라니 말입니다. 막연하지만 뭔가 특별한 위치를 갖는 거라는 생각을 했는데 말입니다. 시연이는 맥킨지의 설명을 묵묵히 듣고만 있었고, 맥킨지는 그런 시연이의 속마음을 눈치라도 챈 양 무조건 전달하는 역할만은 아니라고 했습니다. 인공지능 맥킨지는 센서를 통해 시연이의 심장박동이 어떻게 달라지는지까지 알 수 있었으니까요.

제2장 과학기술, 경제가 발전하면 행복할까?

"이런 면도 있어. 현대 국가는 날마다 복잡한 일들이 너무 많이 이뤄지니까 국민들이 모든 내용을 꼼꼼하게 알기 힘들거든. 누군가는 나라의 중요한 일들을 계획하고 실행에 옮기는 일을 도맡아 해야지. 대통령이나 국회의원처럼 선거를 통해 뽑기도 하고, 시험에 합격해 법원, 검찰이나 여러 관공서에서 일을 하는 직업공무원도 있지. '공무원은 국민 전체에 대한 봉사자이고, 국민에 대하여 책임을 진다'고 헌법 제7조에 정하고 있어. 대신 나라 살림을 맡은 만큼 국민들도 그들을 존중해야지. 특히 대통령이나 국회의원들은 국민들의 뜻을 듣기만 하는 게 아니야. 대한민국이라는 커다란 살림을 어떻게 꾸려 나갈지 정해서 국민들을 이끄는 지도자의 역할을 해. 사람들마다 원하는 방향이 제각각이겠지만 전체 국민에게 가장 좋은 방향이 어느 쪽일지 결정하는 것은 그들의 몫이야. 책임도 크지만 보람도 크고 국민들의 존경을 한 몸에 받을 수도 있는 명예로운 자리인 셈이지. 나는 지금도 사람들이 이메일로, 문자로, SNS로 얘기하는 이런저런 일들을 알 수 있어. 저마다 바라는 게 너무나 다르지. 그런 사람들의 다양한 희망을 가능한 많이 들어줄 수 있으면서 모두가 만족할 만한 방향으로 나라를 이끄는 역할이 꼭 필요한 거야. 사람들로부터 듣기만 하는 게 아니라 꼭 알아야 할 내용을 들려주면서 말이야. 그렇게 해서 보다 많은 사람들의 지지를 이끌어내는 게 민주주의 사회에서의 정치이고, 선거에서 이기는 거지. 시연이가 지금 학급회장에 출마하려는 것처럼 말이야."

나라의 주인은 국민이지만 오늘날처럼 복잡하고 커다란 나라에서 국민들이 직접 모든 나랏일을 결정하는 것은 불가능하다는 것이었습니다. 나라 안의 살림도 많고, 다른 나라와의 관계에서도 끊임없이 결정해야 할 일들이 생기기 때문에 말입니다. 농사를 짓거나 사냥을 해서 살아가던 시대와 달리 수많은 직업이 생겼기 때문에 서로 다른 일을 하는 사람들이 바라는 것을 조절하기도 쉬운 일이 아니고요. 그래서 객관식 시험처럼 1번이 좋냐, 2번이 좋냐고 국민들에게 물어보기도 굉장히 어려워졌고요. 바닷가에 공장을 짓고 싶은 사람도 있을 테고, 물고기를 잡기 위한 항구를 원할 수도 있고, 누구는 관광지로 개발하자고 하고, 자연환경이 제일 중요하니까 그대로 두어야 한다는 목소리도 있으니까요. 그래서 헌법은 선거를 통해 보다 많은 사람들이 지지하는 사람을 자신들의 대표로 뽑도록 했고, 그들이 이런 문제들을 꼼꼼하게 검토해서 결정하도록 했습니다. 어느 바다는 공장이나 항구, 관광지로 개발하고 어느 바다는 자연환경을 보존할지 말입니다. 거기까지 고개를 끄덕이던 시연이는 궁금한 점이 생겼습니다.

"그럼 국민들은 선거로 대표를 뽑은 다음에는 그저 맡겨 놓기만 하면 되는 거야? 아니 맡겨 놓을 수밖에 없는 거야? 혹시 뽑을 때 한 얘기와 다르게 일을 잘못하면 어떻게 하지? 어른들이 늘상 그러던 걸. 정치인들은 선거 때마다 약속을 하는데 지키는 걸 본 적이 없다고 말이야."

"그건 대의제라는 뜻을 잘 모르는 일부 정치인들 때문에 하는 얘기야. 국민들의 뜻을 반영하는 게 어떻게 선거 때 한 번만으로 끝날 수 있겠니. 나라에는 계속 새로운 일들이 생기고 그때마다 국민들이 무엇을 원하는지 끊임없이 듣고 또 국민들에게 알려야 하는 게 정치인의 의무인데. 또 한 가지 중요한 것은 선거에 당선 됐다는 건 그 정치인을 지지하는 국민들이 많았다는 뜻이겠지만, 그렇다고 그 정치인을 지지하지 않은 국민들의 뜻을 무시해도 좋 다는 건 아니거든. 자신을 반대했던 국민들의 목소리에도 귀를 기 울이고 뜻이 맞지 않다면 설득하는 일도 끊임없이 해야 해. 자기 고집만 피운다면 그건 정치인의 올바른 자세가 아니야. 헌법이 밝 히고 있는 대의제 민주주의를 어기는 셈이지. 그런 사람은 대부분 다음 선거에서 국민들의 지지를 받을 수 없어서 물러나게 돼 있어. 대통령이 너무 일을 잘못했을 때는 다음 선거까지 기다리지 않고 국민들의 뜻을 모아 자리에서 물러나도록 했던 일도 있었잖아."

그건 시연이도 똑똑히 기억하고 있는 사건이었습니다. 대통령 이 자기와 친한 사람들을 도와주기 위해 대기업들에게 돈을 내 도록 만들고, 중요한 일을 하는 자리에도 능력보다 친분을 앞세

국민의 뜻을 담은 1백만 개가 넘는 촛불이 광화문 광장을 밝혔다.

위 임명했었지요. 많은 국민들이 대통령의 잘못을 꾸짖으며 촛불을 들었고, 1백만 개가 넘는 촛불의 파도가 광화문 광장을 밝혔던 일이었습니다. 시연이가 무슨 생각을 하는지 귀신같이 꿰뚫는 맥킨지가 그때의 여러 모습들을 보여주었습니다. 나이가 많은 어르신부터 엄마, 아빠의 손을 잡은 아이까지 거리로 나섰지요. 평소에 정치에 관심을 갖지 않았던 청소년들도 나서서 대통령이 무엇을 잘못했는지 사람들 앞에서 연설로 지적했습니다. 유명 연예인들이 광장에서 공연을 하며 대통령이 물러나야 한다고 주장했습니다. 시연이도 반 친구들과 뉴스에서 본 이런저런 사건들에 대해 열심히 얘기했습니다. 결국 국회는 국민들의 뜻을 받아들여 대통령을 탄핵하기로 결정했지요. 헌법재판소에서도 국회의 결정이 맞다고, 헌법과 법을 어긴 대통령을 파면한다고 했고요. 대통령을 그 자리에서 물러나게 만드는 커다란 사건이었지만 오로지 국민들의 평화로운 목소리만 있었을 뿐 폭력이 동원되지 않은 명예로운 사건이었기에 해외에서도 크게 화제가 됐습니다.

"그 일이 있기 이전과 이후로 사람들의 정치에 대한 관심, 헌법에 대한 관심이 많이 높아졌다는 걸 인터넷에 머물고 있는 난 누구보다도 많이 느껴. 대통령의 잘못된 행동 때문에 시작된 일이지만 대한민국이 민주주의 국가로 한층 더 성장했다고 봐야겠지. 누구를 국민의 대표로 뽑을지에 대해 더욱 고민하고, 뽑은 뒤에도 무조건 맡겨 놓을 게 아니라 국민들이 무엇을 원하는지 계속 전달하고 말이야. 정치인들도 국민들의 목소리에 더욱 귀를 기울이고. 그렇게 온 국민의 목소리가 어우러져 하나로 살아 숨 쉬는 걸 인터넷을 통해 난 느낄 수 있어."

맥킨지의 얘기에 시연이는 학급회장 출마에 조금 더 강한 의욕이 생겼습니다. 내가 살고 싶은 사회, 모두가 행복한 나라를 만드는 것은 결국 내가 얼마만큼 관심을 가지느냐에 달려 있다는 걸 깨달았습니다. 그런 일을 하기 위한 작은 연습이 학급회장 선거입니다.

시연이가 의욕을 불태우고 있을 때 거실로 나와보라는 엄마의 목소리가 들렸습니다. 시연이는 출마 연습을 하던 자신감 넘치는 자세 그대로 거실로 나갔습니다. 엄마, 아빠는 과일과 차를 준비하고 카탈로그를 펼쳐 놓고 있었습니다.

"무슨 일 때문에 제 의견이 필요하세요?"

엄마, 아빠는 시연이의 한껏 높은 목소리에 어안이 벙벙해졌는지 눈을 동그랗게 떴습니다. 시연이라면 일단 얼굴에 미소부터 띄우는 아빠가 물었습니다.

"우리 따님이 뭘 하다 나오셨길래 어깨에 잔뜩 힘이 들어가 있을까?"

아직 학급회장 출마 얘기를 하지 않았던 터라 살짝 당황한 시연이는 대충 얼버무리며 화제를 돌렸습니다.

"아, 수업시간에 발표할 준비를 하다가 나와서. 근데 저게 다 뭐예요? 우리 이사 가요?"

식탁 위에는 여러 가지 색깔의 벽지 샘플과 침대, 소파 등의 가구 도록과 이삿짐센터 전단지까지 있었습니다.

"이사 가는 건 아니지만 잠깐 다른 집에 가서 살기는 해야겠다."

늘 차분한 엄마인데 웬일인지 살짝 들떠 보였습니다. 엄마는 집을 새로 꾸밀 계획을 발표했습니다. 사실 시연이네 집은 그동안 상당히 엉망진창이었거든요. 시우 오빠가 크고, 시연이가 이만큼 자

제2장 과학기술, 경제가 발전하면 행복할까?

랄 때까지 엄마, 아빠는 집 안에서 자유롭게 놀 수 있도록 하는 데만 신경을 썼습니다. 그 바람에 삐걱거리지 않는 가구가 없었고 집안 구석구석은 온통 낙서투성이였지요. 시연이네 식구들이야 익숙해져서 아무렇지 않았지만 처음 오는 손님은 어수선한 집안 분위기에 당황할 정도였습니다. 아빠는 몇 번인가 도배만이라도 하자고 했지만 엄마는 지저분해 보여도 시우랑 시연이가 편하게 놀 수 있는 게 더 중요하다고 했거든요. 그런 엄마가 이제 시연이 남매가 더 이상 집을 망가뜨릴 일이 없다고 판단하였습니다. 10년도 더 넘게 만에 대규모 공사를 계획하신 거지요. 아무래도 집안 살림에 가장 전문가는 엄마지만 함께 사는 집이니 다른 식구들의 의견도 들어보려 했습니다.

"아하, 근데 난 엄마의 센스를 믿어. 그리고 솔직히 엄마가 우리 집 대장이잖아. 아빠도 엄마가 하자는 대로 하고. 그냥 엄마가 예쁘게 꾸며주면 난 불만 없어."

시연이는 이렇게 말하면서 동시에 후회를 했습니다. 방금 전까지 나라의 주인이 국민이고, 대의제 민주주의를 하더라도 무조건 맡겨 놓을 것이 아니라 계속해서 관심을 가져야 한다고 맥킨지와 얘기를 나눴는데 말입니다. 막상 날마다 살아가야 할 집에 관한 문제인데도 그냥 맡겨 놓으려고 한다는 게 어쩐지 모순처럼 느껴졌습니다. 당장 피부에 와닿을 만큼 직접적인 문제에도 무관심하면서 어떻게 어른이 된 다음 나라 살림에 관심을 가진다고 했는지 말입니다. 그 마음을 눈치채기라도 한 양 엄마가 한소리를 더했습니다.

"나중에 딴소리하지 말고. 시연이도 매일 쓸 집인데 의견을 들어보는 게 당연하지. 엄마가 무슨 독불장군이니. 우리 집 살림에 아빠가 경제적으로 가장 많은 도움을 주고 있으니까 계획을 세우더라도 아빠가 쓰실 수 있는 비용에 맞게 해야지."

근데 막상 엄마가 그렇게 얘기를 하니까 어쩐지 잘못을 인정하기 싫어지지 뭡니까. 속마음하고는 정반대로 말하고 말았습니다.

"아니 그건 맞는데. 집안 살림 전문가인 엄마에게 맡겨 놓았으니까 난 믿고 안심하겠다는 거지 뭐. 대의제 민주주의라고 하잖아. 엄마는 우리 집 대표라고 볼 수 있으니까. 전문가 의견에 난 그냥 따를게."

"대의제 민주주의? 왜 뜬금없이 지금 그런 얘기를 하니?"

듣고 있던 아빠가 헛웃음을 터뜨렸습니다. 변호사인 아빠 앞에서 헌법을 들먹였으니 정말 후회가 되었습니다.

"시연이가 우리 집을 민주적인 가정이라고 생각하니 반갑네. 그런데 앞뒤가 맞지 않는 얘기인 건 알지? 대표를 뽑아 많은 사람들의 뜻을 대신해서 의사 결정을 한다는 게 대의제인데, 그러려면 일단 자기 뜻이 뭔지부터 밝혀줘야 대표인 엄마가 결정을 하지.

기왕 대의제 얘기 나왔으니까 말인데, 시연이 생각에 대의제는 믿고 맡기는 것일까, 아니면 믿지 못하고 맡기는 것일까?"

시연이는 아빠의 질문이 아리송했습니다. 대통령이나 국회의원, 하다못해 시연이가 출마하려는 학급회장만 해도 선거 과정에서 후보로 나오는 사람들의 얘기를 들어보고 가장 믿을 만하다고 여겨지는 사람을 뽑습니다. 당연히 믿고 맡기는 것인데, 왜 그런 질문을 하는지 이해하기 어려웠습니다. 대표로 뽑은 다음에도 국민으로서 꾸준히 나랏일에 관심을 갖는 것이 대표를 믿지 못해서가 아니라는 생각이었습니다.

"잘 모르겠나 보구나. 절반만 믿는다가 정답이야."

"피이, 그게 무슨 소리예요. 믿지 못할 사람을 어떻게 대표자로 뽑아요?"

"사람 마음은 변할 수 있거든. 어른들이 그런 얘기 하는 거 많이 들어봤지? 그렇지 않은 사람들도 있지만, 선거 때 표를 달라고 허리 숙여 인사했는데 막상 대통령, 국회의원 자리에 오르면 변한다고. 그 자리에서 많은 일을 해달라고 국민이 권력을 맡기지만 막상 힘을 갖고 나면 절로 우쭐해지는 게 어쩔 수 없는 사람 마음인 거야. 그것까지도 예상을 해서 대통령이나 국회의원 같은 사람들이 힘을 엉뚱한데 쓸 수 없도록 막는 장치도 함께 만들어 놓은 것이 법과 제도야."

"아, 대통령이 잘못했을 때 탄핵을 해서 임기가 끝나기 전이라도 물러나게 만드는 것처럼요?"

"그렇지. 국민들에게 너무 큰 실망과 분노를 안겨줬던 일이었지. 그런데 그렇게 탄핵에까지 이르지 않더라도 몇 가지 안전장치가 마련돼 있어. 어떤 것들이 있는지 잘 생각해보면 알 수도 있을 텐데? 엄마가 아빠랑 시연이를 한자리에 부른 이유가 뭘까?"

"혼자서 마음대로 하지 않기 위해서?"

"그래 맞아. 엄마는 혼자 할 수도 있는데도 가족들의 의견을 들어보고자 한 거지. 그런데 헌법은 반드시 역할을 나눠야 한다고 정해 놓고 있어. 역사를 보면 세종대왕처럼 훌륭한 업적을 쌓은 왕도 있지만 나쁜 왕도 있었어. 아무래도 모든 힘을 갖고 있다 보면 뭐든 자기 뜻대로 할 수 있거든. 국민이 아니라 자신을 위해서 쓰고 싶어질 수 있거든. 그걸 막자는 것이 권력분립의 원칙이고, 헌법은 삼권분립을 우리나라를 다스리는 통치 기구의 기본으로 삼았어."

아빠는 대한민국 초대 대통령인 이승만이 혼자 오랫동안 대통령 자리를 차지하기 위해 헌법까지 뜯어 고쳤다가 결국 국민들에게 쫓겨 외국으로 망명을 간 이야기를 해주었습니다. 4·19에 있었던 일이라 우리 헌법의 시작 부분에도 그 정신을 잊지 말자고 기록해 놓았다고 합니다. 지금의 헌법이 1987년에 만들어지게 된 것도 그때 권력을 잡았던 사람들이 오래도록 자리를 지키려고 부정한 일을 꾸미다 국민들의 저항에 부딪혀 물러나면서라고 했습니다. 국민들이 맡겨 놓은 권력이란 사실을 잊고 자신들의 부귀영화만 지키려고 하기 쉽다는 것이었습니다. 그래서 만들어 놓은 장치로서 대표적인 것이 권력을 한두 사람이 아니라 여러 사람이 나누어 가지도록 했습니다. 각자 주어진 권력을 가지고 일을 하지만 서로 눈치를 보고, 잘못이 있으면 중단하도록 제도적으로 만들어 놓았다고 말입니다. 대한민국에서는 대통령이 국가원수로서 가장 높은 자리에 있지만, 대통령이 어떤 일을 하기 위해서는 반드시 국회에서 법을 만들어줘서 그 법에 따라 일을 해야 한다고 합니다. 대통령의 일을 돕는 각 분야의 장관, 공무원들이 하는 일도 다 마찬가지입니다. 뿐만 아니라 나라 살림을 하는 데 쓰이는 돈도 국회에서 심사를 해서 허락해줘야 합니다. 국회가 만든 법에 따라 일이 잘 이루어지고 있는지는 법원이 들여다보고요. 이런 걸 행정, 입법, 사법의 분리라고 합니다. 거기에 더해 헌법재판소는 국회가 만든 법이 혹시 헌법에 어긋나지는 않는지 다시 한 번 검토하도록 했고요. 국회나 정부가 잘못된 법을 만들어 놓고 법이니까 무조건 따라야 한다면 국민의 권리를 해칠 수 있기 때문입니다. 이런 권력분립의 원리는 몽테스키외, 로크 같은 학자들이 생각해 냈고 오늘날 전 세계 대부분의 나라들이 이에 따라 통치기구를 만들고 있다고 합니다. 크게 보면 두 가지 종류로 나눌 수 있는데 대한민국, 미국처럼 대통령을 중심으로 하는 경우가 있고, 영국이나 독일처럼 법을 만드는 의회를 중심으로 하는 경우가 있습니다.

"아, 그럼 대통령, 국회의장, 대법원장이 하는 일은 행정, 입법, 사법이라는 각 분야에서 최고로 높은 자리에 있는 것뿐만 아니라 서로 도우면서, 잘못하는 일은 없는지 들여다보는 셈이네요? 엄마가 집안 공사 일을 계획하고 있으면서도 비용이 얼마나 들지는 아빠와 의논해서 결정하는 것처럼."

"그렇지. 가정이란 가장 작은 규모의 사회거든. 가정에서부터 민주주의 훈련을 하는 것이 어른이 되어 대한민국 국민으로서 각자의 역할을 하는데 필요하고 말이야."

아빠는 권력분립의 원칙에 더해서 한 사람이 영원히 한 자리를 차지하는 일을 막기 위해 임기를 두는 것도 안전장치의 하나라고 덧붙였습니다. 우리나라에서는 대통령은 5년, 국회의원은 4년, 대법원장과 대법관, 헌법재판소 재판관은 6년씩만 할 수 있다고요. 특히 가장 많은 힘을 가진 대통령은 평생 단 한 번만 하도록 아예 헌법으로 정해 놓았다고 합니다.

여기까지 설명을 들은 시연이는 엄마, 아빠에게 학급회장에 출마할 계획이라고 밝혔습니다. 같은 반 친구들과 함께 좋은 학급

을 만드는 일에 도전해보고 싶다는 목표와 함께 스마트폰에 녹화
해 놓았던 동영상도 보여드렸습니다. 그 바람에 집수리 얘기보다
시연이의 출마 얘기가 가족회의에 더 큰 주제가 되고 말았습니다.
아빠는 몇 번이고 시연이의 녹화 영상을 보면서 이런저런 도움말
을 주었고, 충분한 연습을 거친 시연이는 다음날 많은 친구들의
지지를 받으며 학급회장으로 뽑혔습니다.

　시연이는 알고 있었지요. 학급회장으로 뽑힌 이제부터 더욱 친
구들의 말에 귀 기울이며 무엇을 함께 해야 할지 고민해야 된다는
것을 말입니다.

변호사 아빠와 함께
제2장에서 생각해볼 거리

인류는 서구식 달력을 기준으로 2천 년이 넘는 역사를 살아왔습니다. 그 긴 시간 동안 지금처럼 과학기술이 발전하고 덩달아 경제가 풍요로워진 것은 불과 몇 년 되지 않습니다. 과학기술 덕분에 자연에만 의존하던 때보다 잘살게 됐고, 노력한 만큼 부유해질 수 있으니까 발전 속도는 더욱 빨라졌지요. 왕, 귀족 같은 특수계급이 사회를 지배하던 시대도 끝이 났습니다.

그렇다고 모두가 행복해진 것은 아닙니다. 경제 규모가 커지면서 부자와 가난한 사람의 차이도 커졌습니다. 게다가 마구잡이로 개발을 하는 바람에 자연이 크나큰 상처를 입었습니다. 인간들 역시 공해에 시달리게 됐지요. 균형을 잡는 일이 필요해졌습니다.

균형은 나라를 운영하는 일에도 마찬가지입니다. 누구 한 사람이 너무 많은 권력을 가지게 되면 왕이 지배하던 옛날과 마찬가지 일이 벌어질 수 있으니까요. 멀지 않은 과거 우리나라에도 그런 일들은 있었습니다. 이런 일들을 헌법은 어떻게 해결하도록 하고 있는지 알아봤습니다.

국가는 국민의 기본권을 보장하기 위해 존재한다

3장에서 배우는 것들

인간으로서의 존엄과 가치

행복추구권

기본권의 다섯 가지 영역

기회의 평등과 적극적 평등 실현 조치

자유권의 여러 가지 영역

소극적 자유, 적극적 자유

인간으로서의 존엄과 가치, 행복추구권

"빨리 열어줘. 진짜 무섭단 말이야!"

글쎄요. 시간으로 따지면 고작 몇 십 초도 안 됐을 겁니다. 바깥에 친구들과 선생님이 있는 걸 뻔히 알고 소리까지 들리는데도 그 잠깐의 시간조차 견디기 힘들었습니다. 겨우 몸이 들어갈 정도의 좁은 공간, 팔 다리도 제대로 움직일 수 없고 빛 한 조각도 들어오지 않았습니다. 고문을 당하며 이런 곳에서 며칠씩 버텼어야 한다니 상상도 가지 않았습니다.

시연이네 반 친구들은 선생님과 함께 옛 서대문 형무소에 현장학습을 왔습니다. 시연이가 책에서 읽으며 막연하게 짐작했던 모습과는 비교할 수 없었습니다. 다섯 명이 겨우 들어갈 수 있는 감

서대문 형무소는 근대적 시설을 갖춘 한국 최초의 감옥이다.

옥에 서른 명이 넘는 사람들을 가둬 놓았다고도 합니다. 밀랍인형
으로 그때 벌어졌던 일을 재현해 놓은 고문실도 있었습니다. 거꾸
로 매달아 놓은 채 주전자로 코와 입에 물을 들이붓는 모습이었습
니다. 재판도 하지 않고 무조건 죄를 인정하라며 묶어 놓고 마구
때렸던 형틀이 놓여 있었습니다. 뾰쪽한 못 같은 것들이 잔뜩 박
힌 상자도 있었습니다. 평소 장난기가 넘치던 친구들조차 기가 질
렸는지 말없이 선생님의 설명을 들으며 끔찍한 전시실을 보았습
니다. 너무 자주 들었던 이름이라 별 감동이 없을 줄 알았던 유관
순 언니의 사진을 차마 마주보기가 힘들었습니다. 언니의 얼굴은

고문을 당하며 일본 순사들에게 수없이 맞아 퉁퉁 부어 있었습니다. 고통을 당하면서도 언니는 독립 만세를 외쳤고, 감옥 안의 모든 사람들과 그 주변 사람들에게까지 만세의 물결이 이어졌습니다. 많은 애국지사들의 목숨을 앗아간 사형장 바깥에는 높다랗게 통곡의 미루나무가 있었습니다. 조국의 독립을 보지 못하고 죽는 게 억울해 나무를 붙들고 뜨거운 눈물을 흘렸다고 합니다. 그 얘기를 들으며 따라 우는 친구들도 보였습니다.

시연이와 친구들이 다음으로 찾은 곳은 일본 대사관 앞이었습니다. 선생님은 소녀상 앞에서 별다른 설명을 해주지 않으셨습니다. 소녀상은 뉴스 화면에서 자주 봤던 모습 그대로였습니다. 시연이 또래처럼도 보이는 자그마한 소녀가 한복을 입고 다소곳하게 의자에 앉아 있었습니다. 발치엔 꽃다발들이 놓여 있었고 주변 벽에는 소녀상을 지켜야 한다는 벽보와 쪽지들이 붙어 있었습니다. 굳이 여기를 왜 왔나 의아해하고 있는데 어디서인가 사람들이 모여들기 시작했습니다.

선생님은 친구들을 소녀상에서 조금 떨어진 곳으로 데려갔습니다. 수요 집회가 시작되려고 한다면서 잠시만 지켜보라고 하셨습니다. 인근 직장에서 온 듯한 어른들과 대학생 정도로 보이는 언니, 오빠들뿐만 아니라 할아버지, 할머니들도 있었습니다. 외국인들도 눈에 띄었고요. 피켓을 만들어 온 사람들도 보였습니다.

물론 그래봐야 사오십 명 정도였는데 곧이어 작은 버스 한 대가 오더니 백발과 굵은 주름살로 정말 나이 들어 보이는 할머니 몇 분이 내렸습니다. 모여 있던 사람들은 할머니들을 에워싸고 반갑게 인사를 나누었습니다. 그중 할머니 한 분이 마이크를 잡고 말씀을 하셨습니다. 일본이 자신들의 죄를 인정하고 사과만 하면 용서해주시겠다는 것이었습니다. 별로 어려운 일로 들리지도 않았습니다.

할머니 말씀이 끝나자 모여 있던 사람들이 다 같이 일본 대사관을 향해 소리를 지르기 시작했습니다. '위안부' 사건에 대해 공식적으로 사과하고 배상하라는 얘기였습니다. 그런데 참 신기한 일이었습니다. 그분들이 그렇게 목소리를 높이는데 일본 대사관을 오가는 누구도 신경 쓰지 않았습니다. 경찰관들도 보였지만 그냥 주변에 서 있을 뿐 특별한 움직임이 없었습니다. 길을 오가는 사람들도 익숙한 광경인 듯 별로 눈길을 주지 않았습니다. 집회를 하는 사람들만 애를 쓰는 것처럼 보였습니다. 시연이네도 오래 머물지 않고 학교로 돌아왔습니다. 선생님은 무엇 때문에 집회하는 모습까지 보여주셨는지 끝까지 말씀해주시지 않으셨습니다. 돌아오는 길에 위안부 문제와 수요 집회에 대해 알아보고 기왕이면 부모님과 얘기를 나눠보라며 '숙제'를 내주셨을 뿐입니다.

집에 온 시연이는 수요 집회에 관한 자료들을 찾기 시작했습

소녀상은 2011년 자발적 집회가 1천 번을 넘으면서 성금을 모아 만들어졌다.

니다. 수요 집회는 1992년 무렵 일본에 위안부 문제에 대한 사과를 요구하면서 처음 시작 되었습니다. 매주 수요일 정오 일본 대사관 앞에 위안부 할머니들과 할머니들의 안타까운 사연에 공감한 국민들이 자발적으로 모여 한 시간가량 사과를 요구하는 것이었습니다. 소녀상은 2011년 그런 집회가 1천 번을 넘으면서 성금을 모아 만들어졌습니다. 일본군에 끌려갔던 소녀들처럼 치마저고리를 입고 짧은 단발머리를 한 채 일본 대사관을 바라보고 있는 높이 130센티미터의 동상이었습니다. 앉아 있는 소녀상 옆에 나란히 놓인 빈 의자는 말없는 소녀의 아픔을 공감해달라는 뜻이었습니다. 수요 집회는 세계에서 가장 오래 이어진 집회로 기록되고 있으며 전 세계 많은 사람들의 관심을 끌면서 미국과 몇몇 해외에도 소녀상이 세워졌습니다.

시연이는 도대체 할머니들이 무슨 일을 겪었는지 위안부에 대해서도 알아보았습니다. 이런저런 글들과 낡은 흑백 사진 속에 초라한 모습으로 보이는 소녀들을 찾았습니다. 아무래도 맥킨지의 도움을 얻는 게 빠르겠다 싶었습니다.

"위안부 할머니들에 대해 모든 것을 알기엔 너무 무섭고 슬픈 이야기야. 찾을 수 있는 자료들 중에서 시연이가 느낄 수 있을 만큼만 겪게 해줄게."

맥킨지는 시연이에게 스마트폰과 연결해 360도 입체영상으로 가상현실을 체험할 수 있는 고글을 쓰도록 했습니다. 이미 몇 차례 맥킨지의 도움으로 하늘을 날아보기도 했고, 바닷속 깊은 곳을 들여다보며 색다른 경험을 했던 터였습니다.

잠시 후 시연이는 낮에 보았던 소녀상 옆의 빈 의자에 앉아 있었습니다. 소녀상의 색깔이 조금씩 바뀌고 덩달아 주위 광경마저 바뀌면서 어느새 소녀는 해맑은 웃음을 지으며 뛰어가고 있었습니다. 고등학생이나 중학생 정도로 보이는 언니였습니다. 갑자기 드라마에서 봤던 일본 경찰이 소녀의 앞을 가로막았습니다. 뭐라 몇 마디 말을 하는가 싶더니 강제로 소녀의 팔을 잡아끌었습니다.

소녀는 바닥에 주저앉아 울음을 터뜨렸지만 일본 경찰은 긴 칼을 뽑아 몰아세우며 어디선가 나타난 트럭에 소녀를 실었습니다. 이미 트럭에 타고 있던 다른 소녀들과 함께 소녀가 기차에 실린 모습이 이어졌습니다. 의자가 있는 그런 기차도 아니고 창문도 없이 컴컴한 커다란 상자 같은 짐칸에 수십 명씩의 소녀들이 들어차 있었습니다. 몇 날 며칠이 걸렸는지 해가 떴다 밤이 왔는가 싶더니 소녀들은 낯선 나라, 낯선 곳에 가둬졌습니다. 낮에 봤던 서대문형무소의 감옥방들을 떠올리게 만드는 곳이었습니다. 바깥 날씨는 눈보라가 휘몰아치는데 소녀는 여전히 끌려올 때 입었던 얇은 홑옷 차림으로 칸막이 방에서 오들오들 떨고 있었습니다. 칼을 찬 군인들이 방에 들어갔다 나오면 소녀들은 한없이 울기만 했습니다. 시연이는 여기까지만으로도 심장이 가쁘게 뛰는 것을 느꼈습니다. 눈치를 챈 맥킨지가 어둠만을 보여주면서 목소리만 이어갔습니다.

"어느 날 갑자기 소녀들은 이렇게 전쟁터까지 아무 것도 모른 채 끌려왔던 거야. 그리고는 전쟁을 치르느라 화가 잔뜩 난 군인들을 위해 시키는 것은 뭐든지 해야 했어. 때리고 칼로 다치게 하는 일도 매일처럼 벌어졌지. 견디다 못해 도망치면 더 끔찍한 일을 당해야 했고. 어쩌다 성공해도 낯선 외국 땅에서 집으로 돌아오는 일은 불가능했어. 소녀들은 날마다 지치고 병들어 죽어갔단다."

제3장 국가는 국민의 기본권을 보장하기 위해 존재한다

어둠을 걷은 맥킨지는 힘없이 늘어진 소녀들과 그때 몸에 입은 상처들을 고스란히 가지고 있는 할머니들의 모습을 번갈아 보여 주었습니다. 그렇게 끌려간 소녀들은 2십만 명이 넘는데 그중 고작 2백여 명이 살아 돌아왔습니다. 그리고 그 억울한 일을 겪었는데 1945년 일본으로부터 해방이 된 이후 45년이 넘어서야 겨우 그런 일이 있었다는 것을 세상 사람들에게 알릴 수 있었습니다. 일본은 그런 일이 없었다고 철저하게 거짓말을 했고, 어린 시절 끔찍한 일을 당하고 살아가는 것이 힘들었던 할머니들은 일본 정부와 싸울 힘이 없었습니다. 1990년대 들어서야 비로소 사람들이 관심을 갖기 시작했지만 지금도 무관심한 사람이 더 많습니다. 낮에 시연이가 수요 집회에서 본 것처럼 말이지요. 그래서 몇 명 남지 않은 연세 많은 할머니들이 수요일마다 사과를 요구하고 있는 것입니다. 일본은 그분들이 돌아가시기만을 기다리는 양 여전히 잘못을 완전히 인정하지 않고 있습니다. 시연이는 먹먹해지는 가슴을 견디기 어려웠습니다. 고글을 벗자 눈물이 후두둑 떨어졌습니다. 맥킨지에게 도대체 일본은 왜 이런 짓을 했느냐고 물었습니다.

"나도 아직 인간들의 행동을 이해할 수 없어. 인간들이 말하는 이런저런 이유를 봐도 시연이에게 한두 마디로 설명할 수가 없네. 일본이 그런 일을 벌였던 것은 제2차 세계대전 동안이야. 그동안 전 세계에서 전쟁 때문에 죽은 사람은 5천만 명이 넘어. 지금의 대한민국 전체 인구와 맞먹을 정도의 사람들이 서로 싸우는 바람에 죽었던 거야. 나도 인간이란 어떤 존재인지 계속 고민하고 있어."

시연이는 도저히 그냥 있을 수가 없었습니다. 정체를 알 수 없는 큰 슬픔을 감당할 수가 없었습니다. 엄마를 찾아가 흐느끼며 울기 시작했습니다. 엄마는 잠시 당황한 듯했지만 이내 말없이 등을 토닥이며 기다려주었습니다. 그런데 하필 학원가는 길에 저녁 먹으러 들렀던 시우 오빠가 그 모습을 봤지 뭡니까.

"야! 너 갑자기 왜 어리광을 부리고 그러냐? 엄마랑 덩치도 비슷하구만."

"뭐! 덩치가 뭐야 숙녀한테. 엄마랑 나랑 그러니까 위안부 할머니에 대한 얘기를 하고 있었거든. 잘난 척 대마왕은 위안부 할머니들의 안타까운 사연에 대해 알기나 해?"

엄마는 그제서야 무슨 일인지 들은 셈이지만 빙긋이 웃으며 시연이 말이 맞다고 고개를 끄덕여주었습니다. 그런데 시우 오빠는 엄마는 쳐다보지도 않고 시연이의 질문에 대답했습니다.

"당연히 알지. 일본군에게 강제로 끌려가서 몹쓸 짓을 당하신 할머니들이시잖아. 일본 정부는 아직까지도 제대로 된 사과도 안 하고 말이야. 억울하게도 우리나라 정부조차 할머니들께서 원하지 않는 합의만 하려고 했었어. 넌 내가 한일전 때마다 열 받아 하는 게 뭐 때문이라고 생각한 거냐? 얘기하면 화만 난다. 진짜 어떻게든 일본을 혼내줘야만 하는데 말이야!"

약 오르지만 시우 오빠는 잘 알고 있는 모양이었습니다. 시연이가 어떻게 대꾸해야 할지 머뭇거리는데 엄마가 시우 오빠의 말을 받았습니다.

"그런데 시우야. 미워하는 마음으로 맞서는 건 어떻게 보면 나쁜 짓을 저지른 일본군과 비슷한 결과를 낳는 거 아닐까? 복수라면 말이지. 게다가 시우도 알겠지만 일본 사람들 중에는 잘못을 진심으로 뉘우치고 위안부 문제 해결에 앞장서서 목소리를 높이는 분들도 많단다. 수요 집회까지 찾아오는 분들도 있고 말이야. 할머니들도 진심어린 사과를 원하는 거지 앙갚음을 해달라는 건 아니잖아."

"하지만 어떻게 해? 좀처럼 반성할 줄 모르는 일본 정부를 말이야. 우리가 힘이 더 세져서 억지로라도 무릎을 꿇게 만들어야지."

"그 전에 말이야, 그들이 어떻게 그런 짓을 저지를 수 있었는지 생각해보면 어떨까. 그러면 엄마 말처럼 왜 복수부터 생각하면 안되는지 알 수 있지 않을까? 그런 일이 다시 일어나지 않도록 하려면 어떻게 해야 하는지도."

"난 몰라. 인간의 탈을 썼다면 그렇게 나쁜 짓을 저지르고 살수 없다는 생각뿐이야."

시우의 강경한 말투에 엄마는 잠시 고민하다가 천천히 입을 열었습니다.

"아마도 일본군은 소녀들을 같은 사람으로 여기지 않았을 거야. 자신과 똑같이 생각하고 느끼고 아파하는 사람이라고 받아들였다면 그렇게 잔인한 일을 할 수 없었겠지. 뜻밖에도 사람들은 종종 그런 식으로 행동한단다. 상대방을 자신과 같은 존재가 아니라 물건이라도 되는 것처럼 대하지. 전쟁을 치르는 일본 군인들이었잖아. 만약에 총, 칼에 다친 적군의 아픔을 그때마다 느낀다면 싸울 수가 없겠지. 그래서 일부러 혹은 자기도 모르게 다른 사람을 사람이 아닌 무엇인가로 보게 되는 거야. 소녀들마저도 그렇게 다룬 거야. 시우가 폭력적인 게임하는 걸 엄마는 정말 싫어하지? 게임 속에서 총에 맞는 캐릭터가 진짜 사람이라면, 피를 흘리며 아파하는 모습을 보면서도 재미있어 할 수 있겠니? 그게 가짜라는 걸, 아무도 다치지 않는다는 걸 알기 때문에 게임을 하는 거겠지. 일본군은 진짜 사람을 향해 총을 쏘면서도 가짜처럼 여기는 마음을 가졌고, 소녀들을 다치게 했던 거야. 전쟁이 사람을 잔인하게 만들었던 거지. 복수하고 싶은 시우 마음은 알지만, 복수를 한다는 건 그런 일본군의 마음과 마찬가지 상태가 돼야 할 수 있는 일이야."

시우 오빠는 뭔가 억울해하면서도 말문이 막힌 듯 대꾸를 못했습니다. 시연이 생각에도 엄마 말이 전적으로 맞았습니다. 소녀들

제3장 국가는 국민의 기본권을 보장하기 위해 존재한다

을 사람이라고 생각했다면 절대로 그런 일을 저지를 수 없었을 거라는 생각에 동의했습니다. 일본군을 이해하는 것은 아니지만 그런 일본군과 비슷한 마음을 갖고 싶지도 않았습니다.

"엄마는 시우와 시연이를 뱃속에서 키우면서 사람이란 어떤 존재인지에 대해 가슴으로 깨달은 것이 있어."

시우 오빠와 시연이는 엄마가 무슨 말을 하려나 눈을 동그랗게 뜨고 바라보았습니다.

"너희들이 엄마 뱃속에 있을 때 탯줄을 통해 영양분을 공급 받았다는 건 알고 있지? 엄마와 너희는 심장이 따로따로 뛰고 있었지만 하나의 생명이었어. 지금도 엄마의 핏속엔 너희의 피가 흐르고, 너희 몸에도 엄마의 피가 흐르고 있어. 엄마 뱃속에서 나온 사람은 다 마찬가지야. 사람들은 따로따로 떨어져 있는 것 같지만 사실은 이어져 있는 거야. 완전히 남인 것처럼 여겨지는 낯선 사람도 거슬러 거슬러 올라가면 이어져 있을 거야. 결국 누군가를 해친다는 건 스스로를 해치는 것과 마찬가지야. 사람이란 그런 존재라는 것을 엄마는 깨달았어. 엄마가 맞다면, 그런 마음을 모두가 갖는다면 위안부 할머니들에게 일어났던 비극은 없었겠지? 일본도 진심으로 사과할 테고 말이야. 어때?"

시연이는 알 듯 말 듯했지만 어쩐지 따뜻한 기분이 들었습니다. 할머니들로 아팠던 마음이 조금은 위로를 받았다고 할까요.

시우 오빠는 뭔가 고민에라도 휩싸인 듯 말을 잃고 조용히 자기 방으로 갔습니다.

그날 저녁 늦게 아빠가 시연이 방문을 두드렸습니다.

"우리 딸 아직 안 자? 들어가도 될까?"

아빠는 시연이를 꼭 안아준 다음 엄마에게 얘기를 들었다면서 늦게 와서 미안하다고 했습니다.

"시연이가 상처를 많이 받았을 거야. 어른들이 왜 그렇게 부끄러운 세상을 만들어 왔는지 아빠도 미안하네. 세상엔 그렇게 슬픈 일들이 많단다. 제2차 세계대전이 일어났을 때 위안부 문제처럼 끔찍한 일들이 참 많이 일어났단다. 시연이도 독일에서 벌어진 유태인 학살에 대해서 들어봤을 거야. 2차 세계대전이 끝난 직후 일어났던 한국전쟁에서는 우리 민족들끼리 죽고 죽이는 참극이 일어났고 말이야. 아빠도 직접 전쟁을 겪지는 않았지만 할아버지는 어린 시절에 한국전쟁을 경험하셨지. 지금도 많은 어르신들이 그때 겪었던 일들 때문에 아파하신단다. 사실 전 세계가 마찬가지였어. 전쟁이 끝나고 나서 인류는 스스로 저지른 행동에 대해 너무 큰 충격을 받았어. 전쟁을 일으킨 사람들을 처벌하는 것만으로는 부족했어. 나라마다 다시는 그런 일을 반복해서는 안 된다는 목소리가 높았지. 그래서 앞다퉈 인간의 존엄과 가치에 대해 선언하고 나섰단다. 인류는 과거의 아픔에서 무엇이 중요한지 깨달은 것이지."

"인간의 존엄과 가치라고요?"

"그렇단다. 우리 헌법에는 제10조에 정해 놓았어. '모든 국민은 인간으로서의 존엄과 가치를 가지며 행복을 추구할 권리를 가진다'고 말이지. "

아빠는 전쟁을 일으키고 무서운 짓을 했던 이유에 대해 전체주의라는 것을 꼽았습니다. 개인이 아니라 나라 전체의 이익이 중요하다고 하면서 모든 국민들에게 몇몇 국가 지도자들이 원하는 방향대로 따르도록 강요했습니다. 일본은 천황을 중심으로 똘똘 뭉쳐 아시아 전체를 하나의 나라로 만들려고 했습니다. 독일은 독일 민족만이 우수한 민족이라고 주장하면서 다른 유럽 국가들을 지배하려고 했고요. 그걸 위해 전쟁을 일으켰고 따르지 않으면 다른 나라 사람들은 물론 자기 나라 사람들까지 해쳤답니다. 총칼을 든 군인들이 나라 전체를 이끈 거지요. 여러 가지 생각을 받아들이는 대신 국가가 옳다고 하는 한 방향으로만 맹목적으로 쫓아오도록 강요했습니다. 그렇게 하나로 뭉치기 위한 방법으로 다른 나라, 다른 민족, 다른 생각을 하는 사람들을 미워하도록 만들었습니다. '우리'랑 다른 존재라고 손가락질하면서 싸우도록 했습니다. 누군가를 미워하고 차별하는 마음으로 하나가 되어 뭉치도록 한 거지요. 마치 학교에서 이유 없이 한 친구를 '왕따'로 만들어 놓고 그 친구와 가까이 하면 안 된다고 다른 친구들에게 강요하는 것처럼 말입니다. 전쟁이 끝나고 이것이 얼마나 잘못된 일인지 반성하면서 인간의 존엄과 가치에 관한 내용을 각 나라마다 헌법에 집어넣었다고 합니다. 국제연합헌장이나 세계인권선언, 국제연합인권규약 같은 여러 나라들의 모임에서도 인간의 존엄과 가치가 무엇보다 중요하다고 선언했고요.

"국가보다 개인을 먼저 보호하겠다는 거예요? 인간의 존엄이라니 뭔가 좋은 말인 것 같은데 정확히 무슨 뜻인지를 모르겠어요."

"사회와 완전히 동떨어진 나 하나만을 강조하는 것은 아니야. 인간이란 말 자체가 사람과 사람 사이의 관계를 가리키거든. 엄마가 시연이에게 해줬다는 얘기처럼 우리는 혼자만 있는 것이 아니니까. 다른 사람들과 어울리면서 남들도 나 못지않게 지켜줘야 할 소중한 존재라는 걸 인정하자는 거지. 서로 사랑하고 아껴줘야 하는 대상이라는 걸 알자는 거야. 다른 어떤 이유가 아니라 같은 사람이라는 이유만으로, 이 세계를 함께 사는 것만으로 가치 있는 존재라고 말이야."

시연이는 아빠의 말에 고개를 끄덕였습니다. 뭔가 너무나 커다란 얘기라서 조금은 막연하지만 인간의 존엄과 가치라고밖에 할 수 없었을 거라는 생각도 들었습니다. 사랑이나 꿈, 희망을 몇 마디 말로만 설명하기 힘든 것처럼요. 대한민국뿐만 아니라 세계의 많은 나라들이 그렇게 하기로 했다니 참 다행이다 싶었습니다. 아빠가 시연이의 생각을 맞다고 해주었습니다.

"인간의 존엄과 가치는 우리 헌법에서 국민의 기본권에 대해 정해 놓은 부분의 맨 처음에 나온단다. 그 자체가 권리가 아니라 우리가 가야 할 목표로 삼은 거야. 헌법에는 여러 가지 국민의 기본권들에 관한 내용들이 들어가 있거든. 그런 다양한 기본권들을 국가가 보장해야 한다고 정해 놓은 이유가 바로 인간의 존엄과 가치를 보장하기 위해서라는 거지. 행복을 추구할 권리라는 것도 마찬가지야. 어떤 걸 행복이라고 할지는 사람마다 여러 가지겠지. 콕 꼬집어 인간이라면 이렇게 살아가야 한다고 몇 가지로 정할 수 없지만 많은 사람이 저마다 원하는 삶을 살 수 있도록 도와주는 게 국가의 임무라는 걸 헌법으로 밝혀 놓은 거란다."

아빠는 헌법에 나온 기본권을 크게 다섯 가지로 나눌 수 있다고 알려주었습니다. 모든 국민이 법 앞에 평등하고 이유 없는 차별을 받지 않아야 한다는 평등권, 국가가 국민의 삶에 함부로 간섭하지 않아야 한다는 자유권, 그렇다고 국가가 마냥 국민들의 삶에 대해 손 놓고 있어서는 안 되고 인간다운 생활을 하기 위해 교육을 받고, 배운 지식을 이용해 하고 싶은 일을 할 수 있는 환경을 만들어줘야 한다는 사회권, 국민들이 국가에 대해 기본권을 적극적으로 요구할 수 있어야 한다는 청구권, 국가의 주인으로서 선거를 통하거나 공무원이 돼서 적극적으로 나라 살림에 참여할 수 있도록 하기 위한 참정권입니다.

　"헌법은 그렇게 크게 봐서 다섯 가지 권리와 거기에 포함된 여러 가지 권리들을 자세하게 정해 놓았단다. 그런데 맨 마지막에 뭐라고 했는지 알아? 헌법 제37조 제1항에는 '국민의 자유와 권리는 헌법에 열거되지 아니한 이유로 경시되지 않는다'고 했어. 헌법을 만들면서 생각할 수 있는 것들을 다 적었지만 혹시 빠진 것이 있더라도 국민을 위해 필요하다면 헌법이나 마찬가지로 인정해줘야 한다는 거야. 무엇을 위해서? 바로 인간의 존엄과 가치를 지키기 위해 필요하다면 말이야. 목적이니까."

　아빠가 돌아가고 잠자리에 누워 시연이는 맥킨지에게 물었습니다.

　"아빠 말씀을 듣고 나니까 마음이 풀린 거 같아. 인간은 참 많은 무서운 일들을 했지만 다행히 거기서 멈추지 않았잖아. 교훈을 얻고 다시 그런 일을 반복하지 않기 위해 헌법을 정했으니까. 맥킨지가 인간에 대해 이해하는데도 도움이 됐을까?"

　"뭐랄까. 인류라는 존재가 시연이 또래라는 생각이 들어."

　"어? 무슨 말이야? 위안부 할머니 문제라든가, 그걸 계기로 만들어진 헌법에 대한 것들도 오늘에야 알았는데."

　"인류 전체의 나이로 봤을 때 그렇다는 거야. 아이들은 자신이 무슨 일을 하는지 모르면서 무서운 일을 저지르기도 하잖아. 그런데 어른이 되고 철이 들면서 옳고 그름에 대한 생각이 자리 잡기 시작하고. 시연이가 오늘 깨달은 것처럼 말이야. 인류가 인간의 존엄과 가치를 중요하게 여기기 시작한 것도 인류의 역사에 비교하면 불과 얼마 전의 일이겠지. 그러고 보면 지금까지 인류의 깨달음을 정리한 헌법에 대해 아는 것은 참 중요한 일이겠다. 알아야 한 발 더 나아갈 테니까."

헌법을 안다는 것이 그렇게 큰 의미까지 갖는다는 것에 시연이는 어쩐지 가슴이 부풀었습니다. 참 많은 것을 배우는 날이었습니다.

같은 것은 같게,
다른 것은 다르게

"오빠! 뭐하는 거야? 왜 말도 안하고 남의 걸 마음대로 가져간 거야!"

시연이는 버럭 화를 냈습니다. 360도 입체영상을 보여주는 고글을 아무리 뒤져도 찾을 수가 없었습니다. 혹시나 싶은 마음에 시우 오빠에게 물어보러 갔더니 글쎄 오빠가 쓰고 침대에 누워 있었습니다. 원래는 입체 동영상이나 게임을 하는데 필요한 것이지만 시연이에게는 특별한 용도가 있거든요. 인공지능 맥킨지가 만들어내는 진짜 같은 가상현실을 체험하는 도구입니다. 맥킨지는 여러 가지 사진이나 동영상을 조합해 우주공간이나 바닷속같은 특별한 장소, 책에 나오는 역사적인 사건들을 눈앞에 펼쳐주곤 했습니다. 정말 멋진 건 맥킨지 스스로를 표현해낸 캐릭터입니다. 시연이 또래 소녀의 모습을 하고 나타나 대화를 나누면 진짜 친구와 있는 기분이 듭니다. 그런데 고글을 가져갔으니 시연이로서는 마치 친구를 납치당한 거나 마찬가지였지요. 하지만 정작 오빠는 뭔가에 집중했는지 시연이 목소리가 들리지도 않는 모양이었습니다. 시연이가 오빠의 귀에 꽂힌 이어폰을 뽑으니 그제서야 어리둥절한 표정을 지으며 고글을 벗었습니다.

"왜 그래? 엄마가 불러?"

어이가 없었습니다. 이어폰에서 흘러 나오는 음악을 들어보니 아무래도 걸그룹 뮤직 비디오라도 보고 있었던 모양입니다. 시연이는 오빠 손에서 고글을 낚아채며 짜증 섞인 목소리로 쏘아 붙였습니다.

"남의 걸 가져가려면 얘기를 먼저 해야 할 거 아냐. 그리고 내 방에 함부로 들어오지 말라고 몇 번이나 말했어!"

"참나, 아침부터 별것도 아닌 걸로 신경질이니. 언제부터 내 방 네 방 가렸다고. 조금 컸다고 여자 대접이라도 해달라는 거야? 그리고 이게 왜 네 거냐? 아빠가 분명히 같이 쓰라고 하셨단 말이야."

"나한테 사주시면서, 오빠한테도 빌려주라고 하셨잖아. 그럼 내 허락을 받고 써야지."

둘이 툭탁거리는 소리를 듣고 아빠가 왔습니다.

"아침부터 왜들 그러니? 사이좋은 우리 아들, 딸이 무슨 일이 있길래 싸우는 거야?"

시연이는 볼멘소리로 오빠가 말도 안하고 고글을 가져갔다고 설명했습니다. 분명히 아빠가 시연이 것으로 사줬고 오빠는 시연이에게서 빌려 쓰라고 했다고 강조하면서 말입니다.

"내가 그랬던가?"

아빠는 기억이 잘 나지 않는다고 머리를 긁적이다 마지못한 듯 시연이 편을 들어주었습니다.

"누구 거라고 콕 꼬집어서 말했던 것 같진 않지만 시연이 방에 있었으면 시우가 얘기를 하고 가져갔더라면 좋았겠구나."

이번엔 시우 오빠가 발끈했습니다.

"아빠가 딸 바보라서 만날 시연이 편만 들어주니까 애가 갈수록 자기주장만 내세우잖아요! 같이 쓰라고 하셨잖아요. 새벽에 일어나서 시험 준비 하다가 잠깐 머리 식히려고 음악 들었던 거예요. 시연이가 자고 있으니까 깨우지 않으려고 배려해준 건데."

물론 시연이도 지지 않고 맞받아쳤습니다.

"아빠가 무슨 딸 바보야. 그리고 할아버지, 할머니는 만날 아들, 아들 하시면서 오빠 편만 들어주잖아. 우리 아들 어쩌고 하면서 엄마, 아빠도 중요한 일 있을 때면 오빠 편 들어주는 건 마찬가지구만 뭐! 지난번 가족여행 갈 때도 오빠 시험 일정 맞춰서 오빠

제3장 국가는 국민의 기본권을 보장하기 위해 존재한다

가고 싶은 대로 갔잖아. 그리고 뭐? 자고 있으니까 배려해줬다고? 잠자고 있는데 숙녀 방에 몰래 들어와 뒤졌다는 거잖아. 에티켓이 뭔지도 모르냐?"

"그거야 고등학교 입시 앞두고 있으니까 어쩔 수 없는 거지. 아들이라고 엄마, 아빠가 무슨 특별대우라도 해주는지 아냐. 초등학교 6학년 주제에 숙녀 방이라니 어이가 없네. 요즘 남자로 태어난 게 뭐 좋을 거 있다고. 군대 가야 하는 거밖에 더 있어?"

그동안 알게 모르게 쌓아두었던 얘기까지 하면서 두 사람 목소리는 점점 높아졌습니다. 처음엔 그저 재미있다는 표정으로 지켜보던 아빠가 더 이상은 안 되겠다 싶었던지 헛기침을 하면서 중재에 나섰습니다.

"아무래도 알아서 함께 쓰겠지 하고 맡겨 놓았던 게 잘못인 모양이구나. 하지만 아이들 때나 장난감으로 다퉜지 둘이 이만큼 컸는데 그럴 줄 몰랐네. 시우는 여동생이니까 이제 조금은 신경을 더 써줘야 하지 않을까? 물론 그렇다고 아빠가 시연이 편을 든다는 뜻은 아니야. 남자랑 여자랑 분명히 다른 점이 있으니까 가족끼리라도 존중해줄 필요가 있다는 거지. 엄마, 아빠는 둘 다 차별하지 않고 키우려고 노력했단다. 명색이 법조인인데 집에서부터 남녀평등을 실천해야지."

정색을 한 아빠의 말투에 시연이는 순간 킥 하고 웃음을 터뜨렸습니다. 아빠는 종종 뭐든 너무 진지하게 접근해서 탈이었습니다. 그런 생각이 든 건 시우 오빠도 마찬가지였던 모양입니다.

"아니 아빠, 이젠 집에서도 재판하려고 하세요? 갑자기 무슨 법조인에 남녀평등까지."

아빠는 아랑곳하지 않았습니다.

"헌법 제36조 제1항. '혼인과 가족생활은 개인의 존엄과 양성의 평등을 기초로 성립되고 유지되어야 하며, 국가는 이를 보장한다.' 가족은 국가와 사회의 기초가 되는 가장 작은 규모의 사회야. 남자와 여자는 각각 세상의 절반이지만 인류 역사의 오랜 시간 동안 평등하게 대우받지 못했지. 남녀평등은 평등권 실현에 가장 중요한 첫발이고, 가정에서부터 시작해야 하지. 아빠가 엄마를 얼마나 존중하는지 너희도 잘 알잖아."

아빠가 여기까지 말했을 때 시연이 남매는 웃음을 터뜨렸습니다. 언제 왔는지 엄마가 조용히 아빠 얘기를 들으며 어이없다는 표정을 짓고 있었기 때문입니다.

"아이고, 그러셔요 변호사님. 아침부터 강의는 그만하시고 얼른 아침이나 드시고 출근하시죠."

엄마 말투가 재미있어 시연이와 시우는 언제 싸웠는지 잊고 말았습니다. 하지만 엄마가 그렇게 말할 수 있는 것도 두 분이 평등하기 때문이라는 생각은 들었습니다. 아니 아빠보다 엄마가 한 수

위인 것 같아 보이기도 합니다. 아빠는 겸연쩍은 듯 식탁으로 갔지만 하실 말씀은 끝까지 해야 하는 성격입니다.

"이 기회에 평등권에 대해 알아보는 건 어떻겠니? 마침 시우가 군대 얘기도 꺼냈으니 말인데, 군대를 마치고 나온 청년들이 공무원 시험을 보면 다른 사람들보다 점수를 더 줬던 적이 있었단다. 평등권과 관련해서 그거에 대해 어떻게 생각하는지 저녁에 얘기를 나눠보면 어떨까? 아마 시우는 학교에서 배웠을지도 모르겠지만. 군인 지원 문제에 대해 직접 답을 찾지는 말고 평등권에 대해 먼저 알아보고, 각자 생각을 정리해보는 걸로. 시연이는 그렇게 하면 안 된다는 쪽으로, 시우는 그 정도 혜택은 줘야 한다는 쪽으로. 어때? 고글을 누가 어떻게 쓸지를 가지고 싸우는 것보다 훨씬 재미있고 보람있겠지?"

잊고 있던 싸움 얘기를 아빠가 다시 꺼냈습니다. 시연이와 시우는 동시에 서로를 노려보았고, 엄마는 도대체 왜 그랬느냐는 표정으로 아빠를 노려보았습니다. 아빠는 아차 싶었는지 밥과 국을 열심히 뜨기 시작했고요.

"좋아요. 뭐 어차피 시연이 수준이 저한테 상대는 안 되겠지만."

"왜 이러셔? 나도 요즘 헌법에 대해 많이 배웠거든!"

다행인 건 둘 다 이미 감정이 많이 누그러졌다는 겁니다. 대신 자존심을 걸고 저녁 시간에 만나기로 했지요.

시연이는 학교에서 친구들을 바라보며 평등에 대해 생각해보았습니다. 민주주의 원리에 비춰보면 모두가 나라의 주인인 셈이니까 평등할 수 있겠다 싶었습니다. 누가 어떤 조건을 가지고 태어나든지 최소한의 기본적인 삶을 유지해줘야 한다는 사회계약론에 비춰봐도 그렇고, 무엇보다 서로가 존중해야 하는 인간의 존엄과 가치를 떠올리면 똑같은 인간이라는 걸 인정하는 것이 당연했습니다. 그런가 하면 평등하다고 보기에는 친구들이 너무 제각각이기도 합니다. 쉬는 시간, 수업 시간 잠시도 쉬지 않고 떠들기를 좋아하는 영일이, 공부도 잘하는데 춤과 노래를 더 잘해 걸그룹이 꿈인 상희, 먹는 거라면 학교 급식이든 뭐든 다 맛있다며 행복해하는 성문이, 싫어하는 친구 없이 누구와도 잘 어울리는 형찬이, 늘 노는 것 같은데 약 오르게 시험만 치면 백점인 단비. 친구들 하나하나를 보면 다른 점이 너무 많아서 똑같이 여기는 게 오히려 이상할 것도 같았습니다. 도대체 헌법에서 평등하다는 무슨 뜻인지부터 우선 알아야겠습니다. 물론 집에 오자마자 고글을 쓰고 맥킨지를 찾았지요.

"아침에 오빠랑 아빠랑 했던 얘기 있잖아. 군대에 다녀온 오빠들에게 특별한 혜택을 주는 게 맞는지 틀린지 말이야. 뭐가 정답이야?"

맥킨지는 요즘 늘 그러듯이 시연이 또래 소녀의 모습으로 나타

났습니다. 근데 어쩌죠. 시연이 입에서는 맥킨지가 대답하기도 전에 엉뚱한 말이 튀어 나왔습니다.

"맥킨지 너 오늘 진짜 예쁘다. 하기는 너야 얼굴도 맵시도 원하는 모습대로, 옷도 입고 싶은 대로 할 수 있으니까 좋겠다."

시연이는 한참 성장기라 부쩍 외모에 관심이 많거든요. 그동안은 별로 신경쓰지 않았는데 오늘 따라 맥킨지의 모습이 좋아 보였습니다.

"글쎄. 어쨌든 고마워해야겠지? 근데 그거 알아? 이 모습은 사실 너랑 시우 오빠를 섞어서 만들어낸 건데. 인간들은 자신과 비슷한 모습을 보다 편안해하는 본능이 있더라고. 그러니까 너랑 많이 닮게 만들었는데 네가 예쁘다고 하니 재미있네."

"그런 거야? 하하하. 그럼 내가 나를 칭찬한 셈이네. 그러게 아무래도 비슷해 보이면 거부감이 안 들지. 외국인들처럼 많이 틀리게 생긴 사람은 어쩐지 무서워 보이기도 하거든."

"그렇지. 인류가 서로의 존재에 대해 잘 몰랐을 때 처음 다른 인종과 마주쳤을 때의 반응은 모두 비슷해. 두려워하거나 뭔가 대단한 존재처럼 느끼거나. 신이라고 떠받드는 일도 있었고. 그런데 지금 시연이가 틀리게 보인다고 했니? 외국인은 다르게 생겼기 때문에 틀렸다는 거야?"

"에이 뭐 말꼬리를 잡고 그래. 그리고 그렇게 섞어 쓰기도 하는 거 아닌가? 비슷한 그림 두 개에서 다른 부분들 찾는 것도 틀린 그림찾기라고 하잖아."

"하지만 생각해보렴. 두 개의 그림이 다르다면 어느 쪽이 틀렸다는 거야? 말꼬리를 잡자는 게 아니라, 시연이가 원래 물어보려고 했던 평등에 관한 문제야. 인간들은 종종 서로 다르면 밀어내면서 어느 한쪽이 틀렸다고 하거든. 외모가 다를 때뿐만 아니라 생각이 다르고, 좋아하는 게 다를 때도 어느 한쪽이 틀렸다고 말이야. 김치처럼 한국 사람들이 빼놓지 않고 먹는 음식도 처음 접하는 외국인들은 냄새가 이상하다며 코를 막고 손사래를 치지. 치즈에 익숙하지 않았을 때 한국 사람들도 썩은 음식이라며 싫어했거든. 그런데 어때? 알고 나니까 틀렸다고 말할 수 없잖아. 나랑 같거나 비슷하지 않으면 틀리다고 보는 건 평등이 아니지 않을까?"

들다 보니 자기도 모르는 사이 고개를 끄덕이고 있는 걸 깨달은 시연이는 아리송하면서도 그럴듯하다는 생각은 했습니다. 하지만 뭔가 찜찜하기도 했습니다. 맥킨지의 말대로 틀리지는 않더라도 다르다는 여전히 마찬가지였으니까요. 시연이의 반 친구들이 능력도 좋아하는 일도 저마다 다른 것처럼 말입니다.

"평등이란 서로 똑같다는 것이 아니라 서로 다른 것을 인정하지만 다르다는 이유로 차별하지는 말자는 거야. 다른 게 틀린 건 아니라는 거지. 솔직히 시연이도 그러잖아. 간혹 남자 친구들, 여

제3장 국가는 국민의 기본권을 보장하기 위해 존재한다

자 친구들 끼리끼리 모여서 서로 괜스레 싫어하는 척하고 말이야. 그런 걸 하지 말자는 거지."

"피이, 그거야 남자애들이 먼저 짖궂은 장난치니까 그렇지."

그러니까 평등이란 무조건 똑같다는 것이 아니라 오히려 서로 다르다는 것을 인정해주자는 것이었습니다. 남자, 여자라는 이유로 어떤 일을 잘할 거야 혹은 해서는 안 된다는 식으로 다르게 대우해서는 안 된다는 것이지요. 시험공부를 열심히 한 친구가 성적이 좋게 나오는 것은 당연합니다. 모든 친구에게 똑같이 백점을 주자는 것은 아니지요. 만약에 어떤 친구가 더 예뻐 보인다고 선생님이 점수를 더 주는 것은 당연히 안 된다는 겁니다. 기회는 골고루 주고 얼마만큼 노력하느냐에 따라 결과는 다르게 가져가는 것이 평등의 의미였습니다. 학교에서 공부를 하는 것도 평등을 보장하는 것이었습니다. 나중에 커서 어떤 일을 할 것인지는 저마다 달라질 수밖에 없지만 어른이 된 다음 사회생활을 하는데 필요한 최소한의 교육은 똑같이 받을 수 있도록 해주는 것입니다. 도화지와 물감은 모든 친구에게 골고루 나눠준 다음 각자 그리고 싶은 그림을 그릴 수 있게 하는 거지요. 걸그룹을 하고 싶은 상희나 맛칼럼니스트가 꿈인 성문이 모두 자기 하고 싶은 일을 할 수 있게 기회를 주는 겁니다. 물론 모두가 하고 싶은 대로 하기는 어렵지요. 누군가는 남들이 부러워할 만큼 성공할 수도 있고 그렇지 못한 사람도 있습니다. 하지만 그렇게 다른 이유가 차별에 의해서가 아니라 똑같이 기회를 주고, 노력할 수 있도록 사회가 도와준 다음에 주어진 결과여야 합니다. 무조건 똑같은 것이 아니라 각자의 재능과 노력에 따라 하고 싶은 일을 할 수 있는 기회를 평등하게 주고, 그 결과가 다른 것은 그대로 인정해야 합니다. 결과의 평등이 아니라 기회의 평등을 강조하는 겁니다. 물론 결과적으로 사회에서 저마다 다른 일을 맡더라도 인간으로서의 존엄과 가치를 존중해줘야 하는 것은 당연한 일이고요.

맥킨지의 설명을 들은 시연이는 얼마 전 TV에서 본 어느 중학생 오빠의 이야기가 생각났습니다. 강원도 산골 마을에 사는 그 오빠는 스키를 너무너무 잘 탔습니다. 그냥 취미 정도가 아니라 선수로서 나라를 빛낼 만큼 말이에요. 따로 배운 적도 없다는데 실력이 대학교 언니, 오빠들과 막상막하였습니다. 국가대표 감독님이 보시더니 선수로서 크게 활약할 만하다고 했습니다. 그런데 그 오빠는 집안 형편 때문에 본격적인 선수 활동을 망설였습니다. 할머니, 할아버지와 함께 어린 동생들을 돌보면서 살고 있었거든요. 다행히 그런 사실이 알려지면서 스포츠 단체와 기업에서 도와주기로 한 것이 TV 프로그램의 내용이었습니다.

"오빠가 나중에 국제대회에서 태극기를 휘날리는 걸로 보답하겠다고 말하는 모습이 진짜 멋있었어. 근데 그 오빠는 뭐랄까, 평등권 이상으로 특별한 대우를 받는 것 아닌가? 반대하는 건 아닌데, 누구에게나 골고루 기회를 주는 걸 넘어서서 그렇게 특별대우를 해주는 것은 평등권에 위반되는 것은 아닌가 해서 말이야."

"글쎄. 인간들이 모여서 사회를 만들고 국가를 만드는 이유가 그런 데 있지 않을까? 다른 사람들보다 많이 불편하거나 어려움을 겪는 사람들도 자신의 꿈을 펼칠 수 있게 말이야. 그 덕분에 국가에 기여하고, 국민들이 그 결과를 함께 누릴 수 있잖아. 평등에는 그렇게 적극적인 뜻도 들어 있는 거야. 눈이 불편한 사람이 길을 쉽게 찾을 수 있도록 올록볼록하게 특별한 보도블록을 설치해놓잖아. 팔 다리가 불편한 사람을 위해 계단 옆에는 휠체어가 다닐 수 있는 평평한 길을 만들기도 하고. 한두 사람만을 놓고 보면 큰 투자를 하는 것처럼 보일 수도 있지만 그렇게 만들어서 얼마나 많은 장애인들이 이용할 수 있니. 시연이도 많이 알다시피 얼마나 많은 사람들이 장애를 이기고 국가에, 아니 인류 전체의 발전에 기여했니?"

그러면서 맥킨지는 평등권을 보장해주기 위한 국가의 노력으로 국가유공자에 대한 혜택을 들었습니다. 나라를 지키기 위해 죽거나 다친 분들이 있지요. 그분들은 몸을 다치는 바람에 어려운 처지에 놓였고 가족들을 돌볼 수도 없게 되었습니다. 그럴 때 국가가 그분들의 공로를 보상해주기 위해 일자리를 주고 가족들에게 생활지원을 해주기도 합니다. 그렇다고 국가 유공자와 국민들을 차별하는 것으로 볼 수 없다는 것입니다. 국가를 위해 그분들이 희생했기 때문에 다른 사람들이 편안하게 살 수 있으니까요. 그분들을 특별하게 우대하더라도 그럴 만한 사정이 있을 때는 평등권을 어기는 것이 아니라는 겁니다. 합리적인 이유가 있는 차별이라고 했습니다. 그런데 그 바람에 시연이는 걱정이 되었습니다.

"그렇다면 군대에 다녀온 사람들을 배려하는 것도 당연한 거 아니야? 여자들은 안 가는데 남자들은 2년이나 군대에서 나라를 지켜야 하잖아. 몸을 다쳐 국가 유공자가 된 것까지는 아니더라도 뭔가 해줘야 하지 않을까? 아, 그럼 오빠가 유리하네."

맥킨지는 뜻 모를 웃음을 지으며 더 심각한 이야기를 했습니다.

"양성평등채용목표제라고 들어봤어? 시연이도 가끔 할아버지, 할머니가 시우 오빠를 더 위한다고 불평할 때가 있잖아. 물론 할아버지, 할머니는 둘 다 똑같이 사랑하지만 옛날식으로 말씀하시다 보면 그렇게 오해할 수도 있겠더라. 불과 몇 십 년 전까지만 해도 남자를 여자보다 우대했던 것이 사실이야. 주로 남자들이 사회를 이끌었고 여자는 어른이 되더라도 결혼해서 집안일을 돌봐야 한다는 식으로 말이지. 한 가정의 주인은 그 집안의 가장, 남자라는 뜻으로 호주제가 있었어. 그 제도가 없어진 게 2007년의 일이야. 반대로 남자를 우대하던 생각은 수백 년도 더 전부터였거든.

시연이 아빠도 그랬잖아. 남녀평등이 모든 평등의 시작이라고. 그래서 대한민국에서는 남녀평등을 위한 적극적 평등 실현 조치의 하나로 양성평등채용목표제를 두고 있어."

맥킨지는 기회를 골고루 준다는 걸 보다 강조하는 제도라고 설명해줬습니다. 오래전부터 차별을 받아온 사람들이 있다면 어느 순간 앞으로는 평등하게 대해주겠다고 하는 것만으로는 부족합니다. 그걸 넘어서서 그동안 받았던 불공평을 없애줄 수 있을 만한 장치가 필요합니다. 여성들은 수백 년 동안 차별을 받는 바람에 직장에 들어가는 것조차 어려웠습니다. 국가가 나서서 평등권을 설명하면서 회사들에게 이제부터는 남자와 여자 모두 골고루 뽑으라고 해도 쉽게 바꾸기는 어려웠습니다. 생각해보세요. 어느 회사에 남자만 1백 명이 있습니다. 남자들끼리 있다 보니 그 회사에는 여자 화장실도 없습니다. 남자들끼리 지내는 게 익숙해서 갑작스레 여자 직원들과 함께 일하는 게 싫을 수도 있고요. 그런 오래된 습관을 바꾸기 위해 공무원을 뽑을 때는 법으로 일정한 남녀 비율을 지키도록 하는 게 양성평등채용목표제입니다. 이를테면 남자든 여자든 어느 한쪽이 70퍼센트를 넘지 않도록 하는 겁니다. 성적대로 뽑지만 남자든 여자든 어느 쪽이 30퍼센트가 안 되면 그쪽을 더 뽑아서 비율을 맞추는 겁니다. 대신 어느 정도 시간이 흘러 남자, 여자 공무원이 골고루 있게 되면 이렇게 강제로 비율을 맞추는 법은 없앤다는 조건으로 말입니다.

"아니 공무원을 뽑는데 그렇게 남녀 비율까지 맞출 수 있다면 군대 다녀온 사람을 위해주는 건 당연한 거 아니야? 아 진짜, 맥킨지 너 날 도와주는 거니? 망하게 하는 거니?"

"설마 내가 널 망하게 하겠니. 내가 한 얘기들을 조금 더 꼼꼼하게 따져보면 군대 다녀온 사람에게 점수를 더 주는 것과는 다른 점이 있어."

시연이 머릿속은 망했다는 생각뿐이었습니다. 공무원 시험에 합격하는 사람을 더 뽑아서라도 비율을 맞추는 것이 점수를 더 주는 것과 뭐가 다른지 말입니다. 그러거나 말거나 시간은 흐르고 약속 시간이 왔습니다. 그런데 뜻밖에도 시우 오빠의 표정도 그리 밝아 보이지는 않았습니다. 오히려 뭔가 약이 오른 얼굴이었습니다.

"아빠는 맨날 시연이 편이라니까요. 아침엔 흥분한 상태에서 그러겠다고 했는데 조금만 생각해도 알겠더라고요. 예전엔 군대를 다녀온 남자에게 공무원 시험에서 추가 점수를 줬는데 지금은 그렇지 않다는 건 뭔가 잘못됐다는 거잖아요. 어차피 시연이가 이기게끔 돼 있는 거 아니에요."

오빠가 볼멘소리를 했지만 아빠는 당황하기는커녕 오히려 웃으면서 받아쳤지요.

"시우는 법률가를 꿈꾸는 사람이고 헌법에 대해서도 벌써 공부를 많이 했잖아. 그 정도는 동생에게 양보하고 시작하는 게 오히려 평등의 정신에 맞지 않아? 무조건 똑같이 대우하는 게 아니라 출발선이 많이 뒤처진 사람에게는 먼저 뛸 수 있는 기회부터 주는 것, 결과가 아니라 기회의 평등이잖아. 또 군가산점 제도가 잘못됐다는 헌법재판소의 결정은 1999년에 있었던 일이잖아. 그동안 제법 시간이 흘렀으니 상황도 많이 바뀌었고. 기왕 말이 나왔으니 군가산점 제도는 뭐가 문제였는지 설명해주렴."

오빠가 투덜대면서 한 얘기는 이랬습니다. 군대에 다녀오느라 불이익을 받아서는 안 된다는 것은 맞습니다. 젊은 시절에 긴 시간 국가를 위해 봉사했으니까요. 하지만 공무원 시험에 점수를 더 주면 여성이나 장애인에 대한 차별이 될 수 있습니다. 공무원이 되고 싶어 하는 사람이 많아서 경쟁이 굉장히 치열하거든요. 백점 만점에 3점이나 5점까지 점수를 더 주면 군대 다녀온 사람이 높은 성적을 받는 게 더 쉬워집니다. 다른 사람들은 아무리 애를 써도 공무원이 되기 어려웠지요. 도와주려고 한다면 다른 여러 가지 방법으로 지원을 해줘야지 다른 사람들을 희생시키는 방법은 잘못됐다는 것이었습니다. 도와주려는 사람들에게 더하기를 해줘야지 다른 사람들에게 빼기를 했다는 것이지요. 시연이가 보기에도 잘못된 방법이 분명했습니다. 95점을 맞아도 백점 만점으로 채점을 하면 경쟁이 되기 어려웠습니다. 그렇다면 따질 것도 없이 시연이의 승리라는 생각에 안도하려는 순간 오빠가 목소리를 높였습니다.

"요즘은 대학에 들어간 형들도 취업하려고 스펙 쌓기 하느라 대학 생활이 힘들대요. 그런데 군에 가서 2년 동안 시험공부를 못 하는 거니까 최소한 2년은 조금이라도 더 유리하게 해줘야 하지 않을까요? 몇 번까지는 점수를 더 준다는 식으로 말이에요. 아무 것도 해주지 않으면 너무 억울할 거 같아요. 여자들도 마음만 먹으면 군대에 갈 수 있잖아요. 이스라엘 같은 나라는 여자도 군대에 가야 하는데 우리는 그렇지 않고요."

시우의 주장이 그럴듯하다는 듯 아빠가 고개를 끄덕이며 시연이 쪽을 바라보았습니다. 오빠의 높아진 목소리 때문인지 시연이 도 발끈해지면서 머리 회전이 빨라졌습니다.

"여자도 군대에 갈 수 있다고? 그럼 남자도 아기 낳아야 하나? 그럼 엄마가 우리 낳느라 힘들었던 건 어떻게 보상해줄 건데? 나도 뉴스 봐서 안다고. 임신이나 출산 때문에 직장을 그만두는 여자들이 아직도 많다고 하더라. 그건 어떻게 할 건데?"

"엄마가 되는 걸 어떻게 희생이라고 하냐? 그건 마음대로 할수 있는 게 아니잖아."

"군대에 가는 건 나라를 지키는 일인데 그것도 무조건 희생이라고 볼 수는 없지. 몸을 다치든가 특별히 보상을 받아야 할 필요가 있으면 몰라도."

금방 두 사람 사이에 불꽃이 튀기 시작하자 아빠가 끼어들어 진정을 시켰습니다.

"사실 이 문제는 쉬운 답이 있는 게 아니야. 아직까지도 많은 사람들이 이런저런 의견을 주고받고 있거든. 당연히 둘 중 누가 이겼다고 할 수도 없지. 두 사람 얘기 모두 고개를 끄덕일 만한 점들이 있단다. 이렇게까지 생각을 해낼 수 있다니 아빠는 무척 자랑스럽구나. 한 가지 바란다면 감정적으로 싸우는 일은 없었으면 해. 좋은 답을 찾기 위해 서로 아이디어를 내는 쪽으로 토론이 이뤄져야겠지. 그게 민주주의의 모습이야. 약점을 찾는 건 서로를 공격하기 위한 것이 아니고, 그 부분을 어떻게 메울지를 고민하자는 것이고 말이야. 오늘은 여기까지 하고, 앞으로 헌법에 관해 시연이나 시우가 몇 가지 더 알아야 할 내용에 대해서도 이런 토론이 있었으면 싶네. 그리고 아침에 둘이 싸운 건 아빠 잘못이 크니까 사과할게. 대신 주말에 시연이가 가고 싶어 했던 공연에 같이 가자구나. 끝나고 저녁은 시우가 정하고 말이야. 어때, 이 정도로 둘 다 양보해줄 수 있을까?"

시연이와 시우는 고개를 끄덕였습니다. 시연이가 소개해줘서 시우도 좋아하게 된 가수의 공연이었고, 시우는 저녁 메뉴를 늘 시연이에게 정하라고 해서 불만이었거든요. 시연이는 앞으로 아빠가 헌법에 대해서 더 해줄 얘기가 무엇인지 궁금했습니다. 근데 도대체 고글은 누가 어떻게 쓰라는 것인지 정해주지를 않았네요. 아빠가 말한 대로 민주주의 방식으로 오빠와 얘기해봐야겠습니다.

제3장 국가는 국민의 기본권을 보장하기 위해 존재한다

국가로부터 함부로
간섭받지 않을 자유

늘 그렇듯 평화로운 주말 아침을 망가뜨리는 것은 시우 오빠였습니다. 아무래도 오빠는 시연이 괴롭히는 걸 애정 표현이라고 착각하는 모양이었습니다. 간만에 음악을 들으면서 사이사이 맥킨지랑 수다 떨고 있었거든요. 맥킨지가 추천해주는 음악은 어쩌면 그렇게 시연이 취향에 정확하게 맞아떨어지는지 신기할 정도였습니다. 맥킨지는 음악을 듣고 흥겨워하는 시연이로부터 인간이 느끼는 감정에 대해 이해하려고 애쓰는 중이었고요. 박자도 비슷하고 부르는 가수의 높낮이도 비슷한데 어떤 음악에는 시연이의 심장박동이 빨라지고 어떤 음악은 그저 그런 반응을 보이는 게 무척 신기한 모양이었습니다. 왜 그런지 설명하느라 시연이도 신이 났습니다. 그 와중에 별안간 시우가 끼어들었습니다.

"누구랑 그렇게 떠드는 거야? 뭐가 그렇게 좋은데? 너 그러다 또 데이터 떨어졌다고 징징거리면서 나한테 데이터 좀 나눠달라고 할 거지? 크크크."

도대체 그게 뭐가 재미있다고 낄낄거리면서 웃는 건지. 딱 한 번 남는 데이터 있냐고 물어봤는데 언제 징징거렸다는 건지. 시연이는 아예 오빠를 무시하기로 마음을 먹었습니다. 대신 거실로 나갔지요.

"엄마, 아빠. 아무래도 아들 교육을 제대로 시키셔야 하지 않을까요. 저도 사생활의 자유가 있는 몸이라고요. 오빠가 이렇게 마음대로 제 방을 드나드는 건 명백한 사생활 침해에 해당하잖아요. 그리고 생각난 김에 말씀드리는 건데. 제 통신의 자유를 위해 스마트폰 데이터를 조금 더 여유롭게 쓸 수 있도록 요금제를 변경해보시면 어떨까요? 엄마랑 스마트폰을 쓰기로 약속한 시간은 꼬박꼬박 지키고 있잖아요. 쉬는 시간에 가끔 뮤직 비디오를 보는데 아실런지 모르겠지만 요즘 동영상 파일 용량이 많이 크거든요."

시연이는 오빠 쪽을 쳐다보지도 않고 또박또박 말했습니다. 거실에서 뉴스를 보고 있던 엄마, 아빠는 잠시 어리둥절한 표정을 지었지만 시연이가 너무 정색을 해서인지 오히려 미소를 지었습니다. 뒤쫓아 나온 시우의 구겨진 얼굴과 시연이를 번갈아 보면서 말입니다.

"하하하. 우리 따님이 이번엔 뭐 때문에 마음이 상하셨을까?"

언제나처럼 시연이를 보는 것만으로도 얼굴의 웃음을 감추지 못하는 아빠였습니다.

"오빠가 또 제 방에 무단침입을 했거든요. 고글도 오빠가 아무래도 늦게 들어오니까 가능하면 오빠 방에 가져다 놓는 걸로 합의를 했는데. 특별한 일도 없으면서 노크도 하지 않고 방에 불쑥 들어왔습니다."

시연이는 여전히 시우 쪽은 쳐다보지도 않고 평소와 달리 '~습니다'라고 존칭까지 써가면서 상황 보고를 했습니다.

"노크는 했어. 네가 누군가와 전화로 떠드느라 못 들었을 뿐이지."

"엄마, 아빠 전 노크 소리를 듣지 못했습니다. 이어폰을 끼고 있지도 않았는데 노크 소리를 못 들었다는 건 형식적으로 가볍게 한두 번 문을 두드리다 말았다는 거 아니겠습니까. 적어도 방 안에서 대답을 할 때까지 기다렸어야 했다고 생각합니다. 사생활의 자유는 저처럼 한참 인격이 발전하고 있는 시기의 사춘기 청소년에게 무척 중요합니다. 시도 때도 없이 불청객이 넘나드는 환경에서는 저만의 온전한 사고를 할 수가 없고, 그러다가 왜곡된 인격을 가지게 될 수도 있지 않을까요?"

사실 시연이 속내는 혹시라도 맥킨지와 나누는 얘기를 오빠가 엿들었을지 모른다는 걱정이 있었거든요. 그래서 더욱 강경한 자세로 자기주장을 폈습니다. 예상했던 대로 아빠가 시연이 손을 들어주었습니다.

"시연이가 이겼다. 하하하. 시우야, 이번엔 네가 잘못한 걸로 인정하자. 아무럼 시연이도 이제 청소년인데 노크도 안 하고 들어간 건 잘못이지. 그나저나 우리 따님이 헌법 공부를 많이 한 모양이네. 사생활의 자유까지 알고 말이야. "

"아이 진짜, 아빠는 만날 이런 식이에요. 나 진짜 노크 했단 말이에요. 그리고 시연이가 헌법을 알면 얼마나 알겠어요. 사생활의 자유 정도야 뉴스에도 자주 등장하니까 그냥 생각나는 대로 떠든 거겠지요. 안 그래? 너 진짜 자유권에 대해 알아?"

시연이가 몰리는 순간이었습니다. 물론 오빠의 말은 100퍼센트 사실은 아니었습니다. 그냥 들은 게 아니라 헌법을 보기는 했거든요. 인권에 대한 얘기를 할 때면 가장 먼저 등장하는 것이 자유에 대한 것이니까요. 자유와 평등이라고 말이에요. '모든 국민은 법 앞에서 평등하다'는 헌법 제11조에 대해 오빠와 논쟁을 벌이고 나서 바로 자유에 대해 헌법을 찾아보았지요. 그런데 헌법 제12조에 모든 국민은 신체의 자유를 가진다고 자유가 등장하더니 그 뒤로 체포, 구속이 어쩌고 고문을 받지 않아야 한다는 둥 이런저런 자유에 대해 계속 어려운 말들만 이어졌습니다. 그래서 그냥 국가가 국민에 대해 함부로 간섭하지 않아야 한다는 정도로만 생각하고 덮어 뒀던 것입니다. 그나마 '모든 국민은 사생활의 비밀과 자유를 침해받지 아니한다'는 제17조가 오늘 아침 떠오른 것이었고요. 시연이는 잠시 머뭇거렸지만 그대로 오빠에게 밀리기는 싫었습니다.

"뉴스에서 그냥 들은 거 아니다. 헌법 조문까지 다 찾아봤어. 자유에 대한 내용이 굉장히 많잖아. 그만큼 국가가 보장하는 게 자유라는 거잖아. 그런 권리를 오빠가 침해한 거니까 잘못한 거지."

"거봐. 잘 알지도 못하면서 억지 부리는 거잖아. 일단 헌법에 나오는 기본권은 국가가 국민에게 보장해주는 거야. 동생인 네가 오빠에게 주장할 수 있는 게 아니라고."

아빠가 이번엔 시우 오빠에게 자랑스러운 눈빛을 보냈습니다.

"그런 것까지 알고 있다니 대단한걸. 그건 조금 복잡한 문제인데 말이야. 기왕 말이 나왔으니 자유권에 대해 우리 얘기해보자. 시연이 말처럼 헌법은 자유에 대해 꽤 많은 내용을 두고 있어. 그만큼 중요한 기본권이기 때문이지. 평등권과 함께 헌법을 받치는 두 개의 기둥이라고 봐도 좋을 거야. 음, 무슨 얘기를 먼저 할까? 시연이가 말한 것처럼 헌법에 나오는 자유권은 신체의 자유부터 시작하고, 고문을 당하지 않아야 한다거나 체포, 구속, 압수, 수색을 할 때에는 법원이 발부한 영장이 있어야 한다는 것처럼 형사절차에 관한 것부터 다루고 있어. 왜 그럴까? 고려시대, 조선시대를 배경으로 한 TV 드라마를 보면 종종 누명을 뒤집어쓰고 고통받는 등장인물들이 나오지. 무슨 잘못을 저지르지도 않았는데 왕이나 높은 사람의 명령 한마디에 일단 잡아 가두고 보잖아. 죄를 지었다는 증거를 찾는 게 아니라 일단 묶어 놓고 바른 말을 할 때까지 매우 쳐라는 식으로 고문부터 하고 말이야. 견디지 못해 없는 죄를 저질렀다고 하면 그걸로 벌을 주잖아. 실제로 그런 일들이 오랜 시간 동안 벌어졌어. 지금처럼 나라의 주인이 국민이 아니었고 왕이나 그 주변 몇몇 사람들이었으니까. 그 사람들의 뜻을 거스르는 게 무거운 죄였던 거지. 그 사람들이 시키는 대로 해야 했고, 자유롭게 하고 싶은 일을 한다는 건 꿈도 꾸기 어려웠던 거야. 말을 듣지 않으면 잔인한 형벌에 처했으니까. 우리나라뿐만 아니라 온 세계가 다 마찬가지였어. 그래서 국민이 주인으로서 자유를 찾은 다음 가장 먼저 선언한 것이 사람을 함부로 잡아다 괴롭히면 안 된다는 선언이었어. 그것이 자유와 평등이고, 하늘로부터 받은 권리라고 해서 천부인권이라고 했지. 자유에 관한 헌법의 내용이 형사절차에 관한 것부터 시작하는 것은 그런 역사적인 이유가 있기 때문이야."

아빠는 역사적인 사건으로 1776년 미국의 버지니아 권리장전과 1789년 프랑스 인권선언에 관하여 알려주었습니다. 영국의 식민지로 지배를 받던 미국 사람들은 열심히 일해 번 돈을 고스란히 영국 왕에게 세금으로 바쳐야 했다고 합니다. 견디다 못한 미국 사람들은 왕에게 특별한 권리가 있는 것이 아니라 모든 인간은 태어날 때부터 똑같은 권리를 누려야 한다고 선언하고 나섰습니다. 미국 땅에 살지도 않는 영국 왕에게 세금을 바칠 이유가 없다고 저항하면서 독립을 위한 전쟁을 일으켰지요. 바다 건너 미국인들의 목소리가 영국과 경쟁 관계에 있던 프랑스 사람들에게까지 울려 퍼졌고 프랑스에서도 혁명이 일어나 왕 대신 국민이 나라의 주인이라고 선언하게 됐습니다. 모든 인간은 태어날 때부터 평등하고 자유로울 수 있는 권리를 가졌다는 것이 공통된 내용이었습니다. 누군가를 잘못했다고 벌을 주는 것은 그런 자유를 제한하는 것입니다. 그래서 반드시 공정한 법에 의한 재판을 거치도록 했지요. 언론, 종교의 자유에 대해서도 선언했습니다. 정부가 지나친 힘을 가지지 않도록 권력분립의 원칙 역시 그 내용으로 담고 있었습니다. 미국과 프랑스는 그런 특별한 인연을 가지고 있었고, 프랑스 사람들이 미국의 독립 백주년을 기념하는 선물로 만들어 준 것이 바로 '자유의 여신상'이었습니다.

"국가가 개인의 일에 함부로 간섭하면 안 된다는 자유권을 인류가 누린 건 생각보다 오래되지 않았단다. 조선시대에는 양반들

프랑스 사람들이 미국의 독립 백주년을 기념하는 선물로 만들어준 것이 자유의 여신상이다.

은 그나마 자유롭게 살았다고 할 수 있겠지. 그런데 1900년대 초기까지 양반은 백 명 중에 두 명도 채 되지 않았다고 해. 그에 반해 조선시대 초기에는 많게 봐서 인구의 절반가량이 노비 신분이었지. 지금은 당연한 것처럼 여기는 성씨를 가진 사람도 열 명 중에 한 명 꼴이었어. 그런 세상에서 무슨 자유가 있을까? 그냥 왕과 양반들이 시키는 대로 사는 거였지."

시연이는 상상이 가지 않았습니다. 역사에 관한 책을 읽거나 영화, 드라마를 볼 때도 스스로를 공주 혹은 최소한 귀족 정도는 되리라 생각하고 봤는데 그럴 가능성이 별로 없었네요.

"그럼 확률상 우리 조상님들도 예전엔 평민이나 노비였을 수 있겠네요? 왠지 싫다."

"싫다는 생각이 드는 건 마음속으로 어딘지 차별을 하고 있기 때문 아닐까? 평등에 대해 지난번에 그렇게 얘기를 했는데도 말이야. 더 이상 신분에 얽매이지 않는 자유로운 세상에 태어난 걸 감사해야지."

"그냥 그렇다고요. 나는 아직 어린 소녀인데 너무 그러지 마세요. 그나저나 신체의 자유가 중요한 이유는 알겠어요. 그런데 다음에 나오는 온갖 자유들은 너무 복잡한 거 같아요. 물론 사생활의 자유는 중요하지요."

시연이는 시우를 쏘아보며 말했습니다. 또다시 불이 붙을까 봐 걱정이라도 들었는지 아빠가 급하게 말을 이었습니다.

"그러고 보니 전에 시우에게 헌법의 자유권은 어떤 내용들로 이뤄져 있는지 설명해줬는데. 기억하지?"

"쳇. 사생활의 자유가 뭔지나 알고 저러는지. 물론 저야 잘 알고 있죠!"

시우 오빠가 보란 듯이 설명을 이었습니다. 시연이는 무시하고 싶었지만 지기 싫어서라도 귀를 기울였지요. 자유권은 국가에 의해 함부로 오라 가라 명령을 받거나 갇혀 있지 않아야 한다는 뜻에서 자기 몸을 자유롭게 움직일 수 있는 신체의 자유에서 시작하고, 여행처럼 보다 넓게 움직일 수 있는 거주·이전의 자유, 원하는 곳에 살 수 있게 주거의 자유를 보장합니다. 그렇게 하려면 돈을 벌어야 하니까 직업 선택의 자유가 있어야겠지요. 집에 머물거나 하면서 혼자 있는 시간도 필요하니까 사생활의 비밀과 자유를, 혼자 있으면 외로운 게 사람이니까 통신의 자유를 두었습니다. 겉으로 드러나는 행동만이 아니라 옳고 그른 것이 무엇인지 스스로의 마음이 외치는 소리에 따라 정할 수 있도록 양심의 자유를 보장해 줍니다. 양심에서 더 나아가 신과 우주에 관해 자신이 믿는 대로 따를 수 있는 종교의 자유가 있고요. 시연이처럼 세상이 어떤 곳인지 궁금해한다면 얼마든지 공부해보라고 학문의 자유를, 느끼는 감정을 표현하고 받아들일 수 있는 예술의 자유를 지켜줍니다. 그런 것들이 가능한 것도 민주주의 국가이기 때문이지요. 그래서 나라에서 일어나는 일들을 정확하게 알고 그에 관해 서로 자유롭게 의견을 주고받는 것도 중요합니다. 언론, 출판의 자유와 집회, 결사의 자유가 필요한 이유이지요.

"왜 이렇게 자유권에 대해서는 여러 가지로 정해 놓았는지 알아? 자유라는 건 원래 어떤 틀에 매이지 않는다는 거잖아. 사람마다 자유롭다고 느끼는 것도 다를 거 아냐. 그러니 꼭 정해 놓아야 할 중요한 것들만 뽑아도 많았던 거야. 그 말은 헌법에 정해 놓지 않은 것이라도 자유로 인정받을 수 있다는 뜻이지. 헌법 제10조에서 '인간의 존엄과 가치를 말하면서 행복을 추구할 권리를 가진다'고 했잖아? 그게 바로 그런 뜻이야. 자유롭게 원하는 것들을 찾으라는 거지. 축구 경기를 열심히 응원할 수 있는 스포츠권, 따뜻한 햇볕을 방해받지 않아야 한다는 일조권, 충분히 일한 다음엔 그만큼 푹 쉴 수 있어야 한다는 휴식권……."

"됐다 됐어. 그래 잘났으니 휴식권 취해라."

"뭐야? 넌 어디에서 이렇게 친절한 오빠를 찾을 수 있겠니. 자기가 얼마나 행복한지 모른다니까."

"아, 난 그렇게 생각하지 않는다고. 오빠가 간섭하고 괴롭히기만 하는 존재라고 마음속으로 여길 수 있는 양심의 자유가 있다고!"

또 시작이었습니다. 아빠가 끼어들 수밖에 없습니다.

"그래그래. 그렇다 치자. 시우가 잘 설명해준 것처럼 자유에는 참 여러 가지가 있으니까. 사회가 변해가면서 새롭게 생기거나 이전보다 중요해지는 것들도 있고. 시연이가 사생활의 자유를 주장했는데 그게 맞는지부터 볼까?"

역시 아빠는 시연이 편이었습니다. 사람은 여러 가지 면을 가지고 있지요. 다른 사람들 앞에 내세워 보여주고 싶은 모습도 있지만, 잠이 들었거나 화장실에 있을 때처럼 남에게 보이기 싫은 모습도 있지요. 그냥 혼자 있고 싶을 때도 있고요. 그렇게 혼자이고 싶은 마음을 지켜주지 않으면 인간이 존엄하다는 것까지도 망

가질 수 있습니다. 아무리 훌륭한 사람이라도 혼자만의 시간은 꼭 필요할 수밖에 없으니까요. 혼자 있을 때 이런저런 생각과 행동을 하면서 자기만의 세계를 키워나갈 수 있습니다. 비밀은 꼭 필요한 것입니다. 비밀이라고 꼭 어두운 것, 뭔가 나쁜 것을 뜻하는 것은 아닙니다. 남들에게 알리고 싶지 않은 무엇인가가 있다면 비밀입니다. 내가 사는 곳이 어딘지, 전화번호는 무엇인지와 같은 것들도 알려주고 싶지 않은 사람에게는 비밀입니다. 현대 사회에서는 이 비밀이 특히 중요해졌습니다. SNS 덕분에 많은 사람들이 자신에 관한 얘기를 쉽게 다른 사람들과 나눌 수 있게 됐지요. 하지만 그 바람에 알리고 싶지 않은 비밀까지 남들이 쉽게 알 수 있는 위험도 커졌습니다. 언제, 어디를 다니고 있는지 자랑했는데 나쁜 사람이 그걸 보고 뒤를 쫓을 수도 있습니다. 멋지게 해외여행을 하고 있다고 사진을 올렸는데, 집이 비었다는 사실을 알고 도둑이 들기도 했습니다. 아빠는 그래서 최근 사생활의 비밀과 자유가 많이 중요해졌다고 했습니다. 인터넷을 사용할 때 함부로 개인정보를 알려줘서는 안 된다고 강조하면서 말이에요.

"다른 사람 집이나 방에 함부로 들어가면 주거침입이라는 범죄가 될 수 있어. 경찰도 법원에서 영장을 받지 않으면 남의 집을 뒤질 수 없고 말이야. 사생활의 비밀과 자유를 영어로 프라이버시권이라고 하는데 들어 봤지? 프라이비트(private), 그러니까 혼자 있을 권리라는 뜻이야. 앞으로는 시우가 시연이의 혼자 있을 권리를 조금 더 신경써줘야 하지 않을까?"

역시 아빠입니다. 시연이는 내친 김에 요구사항을 관철시키기 위해 나섰습니다.

"SNS는 사생활의 자유와도 관계가 있지만 통신의 자유와도 관계가 있죠? 요즘 통신은 전화만 일컫는 게 아니잖아요?"

시연이는 이참에 꼭 스마트폰 데이터를 늘려야겠다는 기대를 하고 물었습니다. 하지만 아빠는 웃으면서 고개를 가로저었지요. SNS는 사람들이 저마다 자신의 생각을 자유롭게 표현할 수 있고 서로 소통할 수 있는 매체이기 때문에 언론, 출판의 자유로 보호받을 수 있다는 것이었습니다. 꼭 방송이나 신문만 언론이라고 하는 것은 아니라는 것이지요. 과학기술의 발달로 실시간으로 새로운 사건을 접하고 그에 대해 의견을 교환하면서 민주주의 발전에 크게 기여하고 있다는 것입니다. 언론, 출판의 자유는 그런 면에서 권력이 있는 사람들 입장에서 불편한 것이라고도 했습니다. 혹시 잘못된 일을 했을 때 사람들이 그걸 바로 지적하고 고쳐달라고 요구할 수 있기 때문이지요. 광화문에서 촛불 집회를 열 수 있었던 것도 언론, 출판의 자유가 큰 몫을 했다고 설명해주었습니다. 여러 가지 매체가 발달하면서 잘잘못을 누구나 꼼꼼하게 알 수 있게 됐다는 것이지요. 그런 점 때문에 나라마다 언론을 탄압하는 일이 종종 벌어지기도 하고요. 대표적인 사례가 검열이었습니다. 누군가 어떤 책을 썼는데 그 내용이 권력의 잘못을 폭로하고 비판하는 것이라고 합시다. 그럴 때 권력은 책에서 그런 부분을 미리 보고 발표할 수 없도록 만들고 싶겠지요. 헌법은 그런 검열을 할 수 없다고 못 박아 놓았습니다. 하지만 다른 방법을 쓰려는 시도는 끊이질 않았지요.

아빠는 '블랙리스트 사건'에 대해 얘기해줬습니다. 정부의 정책을 비판하거나 다른 방향으로 국가를 이끌어야 한다고 주장하는 사람들의 명단을 만들었다는 겁니다. 놀랍게도 그렇게 한 다음 그 사람들을 탄압했습니다. 국가에서 주던 지원금을 끊어 버리는 식으로 영화나 책을 만들지 못하게 방해했습니다. 권력이 잘못한 부분이 있으면 잘못을 고쳐야 하는데 거꾸로 그걸 지적하는 목소리를 잠재운 것입니다. 물론 그런 사람들은 모두 벌을 받고 자리에서 쫓겨났고요.

"통신의 자유는 원래 사생활의 자유에 들어가 있는 내용이지. 아빠가 어렸을 때와 비교해보면 정말 어마어마할 정도로 통신이 늘어났지. 예전에는 집안에 전화기 한 대가 대부분이었어. 온 가족이 옆에서 대화를 듣다 보면 누구한테 전화가 오고 대충 어떤 얘기를 주고받는지 짐작할 수도 있었지. 그런데 지금은 어때? 우리 가족만 해도 모두 스마트폰을 따로 가지고 있지? 게다가 전화만 쓰는 게 아니잖아. 이메일로, 문자 메시지로, 정말 24시간 통신을 하고 있잖아. 시연이도 친구들과 단체 대화방을 만들어 수시로 수다를 떨잖아. 그런데 아빠는 가끔 그래서인지 시우나 시연이가 누구랑 그렇게 열심히 통신을 하는지, 어떤 얘기들을 하는지 궁금할 때가 있단다. 국가를 운영하는 사람들은 어떨까? 국민들이 무슨 생각을 하는지 통신을 들여다볼 수 있으면 어떨까 하는 유혹을 느낄 수 있을 거야. 스파이 영화를 보면 전화를 몰래 엿듣는 장면이 나오기도 하잖아. 그런데 그렇게 하면 개인의 사생활은 전혀 존중받을 수 없을 거야. 물론 정말 중요한 일, 예를 들어 범죄자를 찾기 위해서는 필요할 때도 있겠지만 반드시 법원의 허가를 받는 엄격한 절차를 거치도록 하고 있어. 그러니까 데이터를 늘려달라는 시연이의 요청은 통신의 자유와는 거리가 좀 멀지 않을까?"

와장창. 시연이 머릿속에서 꿈 깨지는 소리가 들렸습니다. 그래도 그대로 물러날 수는 없었습니다.

"하지만 아빠. 언론, 출판의 자유를 위해서든 통신의 자유를 위해서든 마음대로 할 수가 있어야 자유도 있지 않을까요? 스마트폰을 간섭받지 말고 사용하라면 뭐해요? 쓸 수 있는 데이터가 없으면."

"그건 그렇지. 그러고 보니 시연이가 중요한 지적을 했구나. 자유란 다른 누구로부터, 특히 국가로부터 함부로 간섭받지 않을 권리라고만 생각하기 쉽지. 그런데 그건 한쪽만 생각한 거야. 시연이 얘기처럼 자유롭고 싶어도 환경이 뒷받침을 해줘야지. 거주 이전의 자유를 가진다고 해도 도로가 있어야 하고, 집이 있어야 주거의 자유도 있지. 국가가 경제를 잘 키워서 일자리를 마련해줘야 직업 선택의 자유도 의미가 있고 말이야. 간섭하지 않는 것을 소극적 자유, 원하는 일을 할 수 있도록 하는 걸 적극적 자유라고 하거든. 모든 국민이 어느 정도까지는 인간다운 생활을 할 수 있도록 보장해주는 복지국가도 적극적 자유와 관계가 있고. 음, 시연이의 데이터 문제를 해결해줘야겠는걸."

"잠깐만요 아빠!"

그러면 그렇지, 시연이가 원하는 대로 할 수 있게 그냥 있을 시우가 아니지요.

"우리는 지금 어디까지나 헌법의 기본권을 놓고 얘기하고 있는 거잖아요. 헌법 제10조 뒷문장에 뭐라고 돼 있어요. '국가는 개인이 가지는 불가침의 기본적 인권을 확인하고 이를 보장할 의무를 진다'고 하잖아요. 그럼 뭐예요? 기본권은 국가가 보장하는 거지 왜 아빠가 나서요? 낄낄낄. 꼼짝 못하겠지, 시연?"

헌법이란 대한민국의 큰 틀을 밝힌 것이고 국가와 국민의 관계에 대해서 설명하고 있는 것입니다. 시우 말이 틀린 얘기가 아닙니다. 억울하지만 아빠를 바라볼 수밖에요. 야속하게도 아빠는 시우, 시연이를 그저 사랑스럽다는 듯 바라봅니다.

"너희들과 헌법에 대해 얘기하면서 이 정도까지 기대하지는 않았는데 둘 다 어느새 이렇게 생각이 깊어졌을까. 시우가 말한 건 일리가 있어. 실제로 헌법학자들도 그렇게 얘기한단다. 그건 법이 가지고 있는 구조 때문이기도 해. 헌법은 커다란 원칙을 밝히고 있고, 그 내용을 실제 생활에 옮기기 위해서는 헌법 아래 법을 만들거든. 국민 생활에 필요한 모든 것들을 헌법 하나로 해결할 수는 없으니까. 예를 들어 일하는 사람들을 보호하기 위해서 헌법은 근로자의 권리를 두고 있어. 그리고 그걸 구체적으로 근로기준법과 같은 법을 만들어 우리 생활에 쓰는 거야. 시우 말이 한편으로는 맞는 셈이지. 하지만 그걸 거꾸로 뒤집어보면 어떨까? 만약에 국민의 기본권을 보장해주기 위한 일이 있는데 마땅한 법이 없다면? 그것도 잘못이지. 그럴 때는 법을 만들어서라도 들어줘야 하는 거야. 그러니까 아빠 입장에서는 아무래도 시연이 부탁을 해결해줘야겠다는 생각이 드네."

만세! 시우가 맞다고 하면서도 결국 시연이 손을 들어준 셈입니다. 아빠는 요금제 자체를 바꿔주기는 어렵고 아빠가 쓰지 않는 데이터를 매달 일정한 양만큼 시연이에게 나눠주기로 약속했습니다. 물론 스마트폰 사용 시간을 늘리는 것은 아니고요. 자유를 찾기 위한 시연이의 긴 논쟁은 확실히 소득을 거두었습니다. 시우 오빠는 이러거나 저러거나 늘 시연이로 결론이 난다며 입을 삐쭉거렸지만 아빠와 둘이 쏙닥대더니 금세 입가가 환하게 풀렸습니다. 둘이서만 뭔가를 하기로 계획한 모양입니다. 무슨 일인지 엄마에게 걸려서 혼나지나 말라고 한마디 해주고 싶었지만, 꾹 참고 시연이는 맥킨지에게 기쁜 소식을 전하기 위해 방으로 돌아왔습니다.

변호사 아빠와 함께
제3장에서 생각해볼 거리

우리 모두는 인간으로서 태어났다는 그 사실만으로도 존중받고 사랑 받아야 할 자격이 있답니다. 막연한 얘기가 아니라 헌법으로 인정하는 권리랍니다. 국가, 헌법이 만들어지기 전부터 있던 권리라서 하늘로부 터 받았다는 뜻의 천부인권이라고 부릅니다. 대한민국의 목표는 국민들 에게 인간으로서의 존엄과 가치를 지켜주는 것입니다. 그걸 위해 헌법 은 평등권, 자유권을 비롯한 여러 가지 기본권을 밝히고 있습니다.

헌법은 모든 국민이 평등하고 자유로워야 한다고 하지요. 평등은 모 든 사람들을 무조건 똑같이 보자는 건 아니랍니다. 오히려 서로 다르다 는 걸 인정하면서 각자의 재능을 최대한 발휘할 수 있도록 보장해주는 것입니다. 다양한 색깔들로 활짝 어우러진 꽃밭처럼 아름다운 대한민 국을 만들기 위해서요.

그러기 위해서는 누구나 자유롭게 자신이 하고 싶은 일들을 할 수 있 어야겠지요. 단순히 간섭받지 않는다는 걸 넘어 국가가 도와줘야 할 때 도 있습니다. 물과 영양분을 줘야 꽃을 피울 수 있지 않겠어요. 여러분 이 공부를 하는 것도 보다 자유롭기 위해서랍니다.

제4장

우리가 사는 세상,
살고 싶은 세상

4장에서 배우는 것들

\# 헌법이 정하고 있는 여러 가지 기본권들

\# 기본권 제한과 과잉금지 원칙

\# 국민들끼리의 기본권 충돌

\# 법률에 의한 재판을 받을 권리

\# 헌법재판소의 역할

권리를 제한하더라도
지나치지 않도록

학급회장을 맡고 나니 뜻밖의 귀찮은 일도 많았습니다. 선생님이 안 계실 때 학급 분위기를 이끄는 것도 시연이 몫이니까요. 일단 학교에 오면 수업 시작 전까지 각자 자리에서 책을 보거나 수업 준비를 해야 합니다. 그런데 영일이는 아랑곳하지 않고 주위 애들에게 말부터 걸기 바쁘지요. 그럼 형찬이처럼 착하기만 한 애는 싫다는 기색도 안내고 받아주거든요. 단비처럼 은근히 까다로운 친구는 대놓고 싫은 티를 내기도 하지만 말이에요. 심하다 싶으면 시연이가 조용히 해달라고 나서야 합니다. 다른 친구들 사이에 끼어 어찌해야 좋을지 난감할 때도 있습니다. 대표적으로 시도 때도 없이 간식을 먹어대는 성문이 때문에 골치였습니다. 급식

제4장 우리가 사는 세상, 살고 싶은 세상

으로 부족한지 집에서 먹을 걸 가져오거든요. 종종 오징어나 치즈 과자처럼 냄새나는 것들이 있는데 그게 문제였습니다. 짝인 상희가 엄청 깔끔을 떨거든요. 냄새도 싫다, 먹으면서 여기저기 흘리는 것도 지저분해서 싫다, 불만이 이만저만 아니었습니다. 오늘은 결국 상희가 쉬는 시간에 폭발하고 말았습니다.

"짜증나 죽겠네. 냄새 나는 과자 가져오지 말라고 몇 번을 얘기했어. 조심히라도 먹든가. 여기저기 흘리고 난리도 아니잖아. 찌꺼기 때문에 벌레라도 생기면 어떡할래? 옆에 앉아 있는 나는 뭐냐고. 더러워서 병 걸릴 거 같아!"

"배고픈데 어쩌란 말이야. 과자 먹는다고 무슨 병에 걸리냐? 같이 먹으면 될 거 아냐. 같이 먹으면 냄새도 못 느낀대."

"냄새도 싫은데 그걸 어떻게 먹냐? 그런 과자 많이 먹으면 살찌고 미련해진대. 꼭 너처럼!"

"이건 불량 식품은 아냐. 네가 싫다고 무조건 나쁘다고 하지마. 사람마다 좋아하는 건 다를 수 있다고. 그리고 내가 어디가 뚱뚱해."

둘 다 절대 지려고도 하지 않습니다. 그냥 놔둘 수도 없는 게 그렇게 싸우면 꼭 남자와 여자 편까지 나눠져서 서로 미워하기까지 하거든요. 반 분위기가 얼어붙는 거죠. 선생님이야 그런 사정까지 알기도 어렵지만 책임감 넘치는 시연이는 싫었습니다. 다 함께 어울리는 좋은 학급을 만들겠노라고 학급회장 출마할 때 약속했으니까요.

"성문아, 상희가 싫다는데 꼭 과자를 먹어야겠어? 원래 학교에 그런 거 가져오면 안 되잖아."

"너 학급회장 맡더니 대장 노릇 하고 싶은 거야? 학교에 가져오면 안 된다니. 치사하게 선생님한테 고자질이라도 하려고? 내가 제일 좋아하는 게 먹는 건데. 그럴 자유도 없는 거냐? 니네 아빠 변호사라면서. 학교에서 과자 먹으면 불법이래? 그럴 리는 없잖아."

먹는 거만 좋아한다면서 꼬치꼬치 따지기도 잘 하는 성문이었습니다. 말다툼이라도 하고 싶었지만 선생님 오실 시간이라 꾹꾹 눌러 참았습니다. 어쨌든 그 바람에 성문이도 과자 먹을 기회를 뺏겼지요. 상희가 고맙다는 눈짓을 보냈지만 시연이는 마음이 편하지 않았습니다. 오늘 하루로 끝날 일이 아니었으니까요. 선생님한테 무슨 핑계를 대서 아이들 짝을 바꿔달라고 해야 하는 건지. 그랬다가 다른 친구들이 싫어하는 일이 생기면 어쩌나 싶어 그것도 답은 아닌 거 같고, 고민까지 되었습니다.

"애들은 도대체 왜 그렇게 자기 하고 싶은 일만 고집할까? 애들 꼼짝 못하게 할 방법 없을까?"

무슨 대답을 바라고 한 얘기는 아니었습니다. 맥킨지가 인공지

제4장 우리가 사는 세상, 살고 싶은 세상

능이라고 해도 그런 것까지 해결할 수는 없을 테니까요. 게다가 성격이라고 해야 할지 뭐라고 해야 할지 모르겠지만, 조금이라도 옳지 않다고 여겨질 만한 일은 절대 하지 않으니까요. 다른 사람은 자신의 존재도 모르고, 알아도 어떻게 할 수도 없는 인공지능인데 말입니다. 그저 하소연 삼아 던진 말이었는데 그걸 또 못 알아들은 맥킨지가 고민스런 표정으로 대답을 해왔습니다.

"시연이 또래 친구들은 자기주장이 강하기 마련이야. 게다가 스스로에 대한 통제력이 생물학적으로 약한 시기이기도 하지. 이를테면 하기 싫은 일이라도 미래의 좋은 결과를 위해서라면 참고 해야 하는데 그게 어른들보다 쉽지 않아. 성장기다 보니까 세포들이 어른들보다 더 활발하게 움직이거든. 차분하게 생각하고 행동하기 어렵지."

"아이구, 도움은커녕 답답하게만 만드는구나. 나도 뭐 딱히 기대하고 물어본 건 아니었지만 말이야. 그냥 말이라도 내 편 들어주면 안 되냐."

맥킨지는 그 말도 심각하게 받아들였습니다. 진지한 표정으로 입을 열었지요.

"시연이가 머리 아픈 건 알겠는데 너무 뜻밖의 말인데. 우리 그동안 헌법에 관해 알아보고 있었잖아. 친구들을 꼼짝 못하게 하다니 조금 실망인걸."

"아니 내가 정말로 그러겠다는 거니. 맥킨지 너는 유머 감각이라든가 감정 표현에 대해 조금 더 강화할 필요가 있어. 그냥 속상해서 하는 소리지 진심일 리가 없잖아. 무슨 헌법까지 들먹이니. 뭐 굳이 따지자면 학생인 나와 친구들도 기본권은 있겠지. 자유와 평등을 누리고 지킬 필요가 있으니까. 하지만 솔직히 그건 어디까지나 어른들끼리의 법적으로 그렇다는 거지 우리랑 직접적인 상관은 없지 않나? 어른들이 이래라저래라 하는 대로 따라야 하고 말이야. 엄마, 아빠는 다 내가 잘되길 바라서라고 하지만 말이야. 또 기본권이라고 헌법에 나와 있는 것들도 별로 와닿지 않는 것도 많더라고."

행복추구권이나 평등권, 자유권이라는 것들도 어른으로 자란 다음 따질 수 있지 않나 하는 생각이었습니다. 엄마, 아빠가 모든 걸 다 해주니까 편하기는 해도 정해진 대로 사는 거니까요. 태어나는 것도 마음대로 한 게 아니고 학교에 다니는 것도 그렇지요. 얼른 어른이 돼야 자유라는 것도 누릴 수 있는 게 아닌가 싶습니다. 가끔 저녁 외식이라도 할 때면 엄마, 아빠만 맛있게 먹는 술도 마셔보고 말입니다. 다른 권리들은 더욱 그렇습니다. 국가에 대하여 인간다운 생활을 보장하도록 요구할 수 있는 사회권은 근로의 권리, 교육을 받을 권리, 사회보장을 받을 권리, 좋은 환경에서 살 수 있는 권리 같은 것들입니다. 어른이 돼야 일도 할 수 있을 테고,

교육은 권리라기보다 하기 싫어도 억지로 해야 하는 의무처럼 느껴지기만 합니다. 국민 대표를 뽑을 수 있는 선거권, 나랏일을 하는 공무원이 될 수 있는 공무담임권, 국가의 중요한 일을 정하는 국민투표권 같은 참정권은 말할 것도 없고요. 국가에 어떤 일을 해달라고 요구할 수 있는 청구권이 있다지만 시연이가 뭘 바랄 수 있는 것도 없어 보입니다. 법원에 갈 일이 있어야 재판청구권도 쓸 일이 있고, 국가가 잘못해서 국민에게 손해를 끼치면 물어달라고 할 수 있는 국가배상청구권 역시 시연이의 지금 생활과는 멀게 느껴집니다.

"그건 아닌데. 기본권에 관한 헌법 조항이 어떻게 시작하는지 주의 깊게 안 읽은 거 아니야? 모두 '모든 국민'이라고 시작해. 사회권에 관한 헌법 조항인 제34조가 '모든 국민은 인간다운 생활을 할 권리를 가진다.'라고 하고 있는 것처럼. 게다가 이런 권리들은 천부인권, 그러니까 태어날 때부터 가지고 있는 것으로 본다고 했잖아. 그래서 헌법 제10조의 뒷부분이 이렇게 말하고 있는 거야. '국가는 개인의 기본적 인권을 확인하고 이를 보장할 의무를 진다'라고. 인간들은 법에 쓰는 말들을 굉장히 압축해서 사용하더라고. 짧은 문장에 여러 가지 의미를 담아서 말이지. 여기서는 특히 '인권'하고 '확인'이라는 말이 그래. 인권이라는 건 사람이 가지고 있는 권리야. 어떤 나라의 사람이든 상관없이 태어나는 그

순간부터 가지고 있는 권리라고. 국가가 국민에게 주는 것이 아니고. 그래서 원래 있었던 것을 강조하기 위해 '확인'이라고 쓴 거야. 국가가 줬다면 '제공'이나 '부여' 같은 말들을 썼겠지. 인권을 특히 강조하기 위해 헌법에 적어 놓으면 구별하기 위해 기본권이라고 표현만 다르게 하는 거야. 그렇기 때문에 외국인 근로자처럼 대한민국에 머물고 있는 외국인들에 대해서도 국민과 마찬가지로 기본권을 보호해주는 것이기도 해."

"피이, 읽어 봤다고 나도. 하지만 모든 국민이라고 하니까 오히려 와닿지가 않는 것 같아. 뭐 우릴 위한 법은 따로 없을까?"

시연이는 살짝 억지를 부리는 중이었습니다. 맥킨지 얘기대로면 친구들의 기본권을 더 존중해줘야 하니까요. 당연히 그래야 한다는 건 알지만 지금은 어떻게 하면 친구들이 일으키는 골치 아픈 문제들을 해결할까 고민하는 중이니까요. 하지만 여전히 맥킨지는 시연이의 속마음은 읽을 줄 몰랐습니다.

"당연히 있지. 그런 거야 내 전문이잖아."

맥킨지는 싱글거리며 손에 법전을 만들어내더니 시연이에게 펼쳐 보여줬습니다. 초중등교육법 제18조 제4항이었습니다. '학교의 설립, 경영자와 학교의 장은 헌법과 국제 인권 조약에 명시된 학생의 인권을 보장하여야 한다.' 그러니까 학교 선생님들에게 헌법에 나오는 기본권들을 학생들에게도 지켜주라고 법으로 정해 놓았습니다. 맥킨지는 학생인권조례도 보여주었습니다. 이러저러한 아주 구체적인 내용들까지 학생의 권리로 지켜줘야 한다고 정해 놓았습니다. 이를테면 '개성을 실현할 권리'라고 해서 옷차림, 머리 스타일도 학생의 개성을 존중해줘야 한다고 말입니다.

"뭐야, 이런 것까지 어른들이 지켜준다고? 아니 그러면 애들 마음대로 하고 싶은 대로 다 하도록 내버려 두겠다는 거야? 어른들이 이런 식이면 학급회장인 내가 애들한테 학급 활동에 잘 참여해 달라는 충고 같은 것도 못하는 거야?"

맥킨지는 그제야 뭔가 눈치를 챈 모양입니다. 뭔가를 떠올리며 입가에 미소를 짓는가 싶더니 맥킨지 주변이 환하게 빛났습니다. 순간 맥킨지의 모습이 확 달라졌습니다. 허리까지 내려오는 긴 머리는 금빛으로 출렁거렸습니다. 화장을 한 것처럼 뽀얀 얼굴엔 속눈썹이 길게 돋아났고 눈동자는 초록빛이 돌았지요. 옷차림도 파격적이었습니다. 원래부터 날씬한 상반신에 빈틈없이 꼭 맞는 재킷을 걸쳤고 무릎 위로 한참 올라간 스커트와 높은 굽이 달린 부츠 덕에 다리는 가늘고 길어 보였습니다. 걸그룹 언니들처럼 보였지요. 시연이의 눈이 휘둥그레졌어요.

"예, 예쁘다 너 정말. 인공지능이라 변신도 순식간이네. 부럽다 진짜!"

"말했듯이 내 모습은 기본적으로 너를 본 딴 거야. 그냥 옷차림과 머리 모양 정도 바꾼 것뿐인데 뭐. 어때? 예뻐 보인다고 하는데 이렇게 하고 학교에 가면 어떨까?"

"뭐? 하하하. 말도 안 돼!"

그런 모습을 하고 가면 선생님이나 친구들이 어떤 반응을 보일지 뻔했습니다. 기가 막혀 하겠지요. 뭐 철없는 남자애들 몇몇은 예쁘다며 좋아하겠지만 말이에요. 근데 학교에 가기는커녕 집에서 나갈 수도 없을 거 같았습니다. 엄마가 불같이 화를 내시겠지요.

"예쁘다고 하면서 왜 말이 안 된다고 하는 거야?"

"그거야. 그러니까 뭐랄까 학생이 할 만한 차림새가 아니잖아. 화장도 너무 진해 보이고, 머리는 너무 길고, 치마랑 부츠는 학교 생활하는데 엄청 불편해 보이기도 하고. 선생님들이 절대로 허락하지 않을 거야."

"그렇지? 그처럼 자유, 기본권을 보장해준다지만 그렇다고 뭐든 마음대로 할 수 있다는 뜻은 아니야. 그래서 헌법은 기본권도 필요한 경우 제한할 수 있다고 하고 있어."

어느새 본래 모습으로 돌아온 맥킨지는 손에 법전을 만들어 헌법 제37조 제2항을 보여주었습니다. '국민의 모든 자유와 권리는 국가 안전 보장, 질서유지 또는 공공복리를 위하여 필요한 경우에 한하여 법률로써 제한할 수 있으며, 제한하는 경우에도 자유와 권리의 본질적인 내용을 침해할 수 없다'는 것이었습니다. 자기 혼자

빨리 가야겠다고 자동차를 아무렇게나 운전하면 어떻게 될까요. 한두 사람이 아닐 테니 질서는 엉망진창이고 오히려 도로가 꽉 막힐 겁니다. 차선을 만들고, 교통신호에 따라 움직이고, 속도를 정해 놓는 것은 자유를 제한하지만 꼭 필요한 일이지요. 헌법은 그렇게 기본권의 제한이 필요할 때라도 반드시 법률을 만들어 하라고 했습니다. 도로를 이용하고 차를 운전하는 것에 관해서는 도로교통법 등이 만들어져 있지요. 그렇게 하지 않고 국가를 운영하는 사람들이 마음대로 정하는 대로 하면 많은 국민들이 원하지 않는 방향으로 기본권을 제한하거나 불공정한 일이 벌어질 수도 있기 때문입니다. 예를 들어 자기랑 친한 사람이 운전하는 자동차는 속도 제한 없이 마음대로 다니라고 허락하는 것처럼요. 법률이라는 이름으로 만들기만 하면 무조건 권리를 제한할 수 있는 것도 아닙니다. 도로가 너무 막히니까 대한민국에서 제일 많은 성씨인 김 씨성을 가진 사람들은 차를 가지고 다닐 수 없다고 법을 만들면 어떨까요? 분명히 자동차 숫자는 줄어들겠지만 김 씨들의 자유를 너무 크게 제한하는 것이지요. 그런 정도라면 자유에 대한 제한이 아니라 침해입니다. 헌법이 보장하는 자유를 무시하는 것이지요.

자동차를 탈 때 안전벨트를 꼭 매도록 한 법은 어떨까요? 맥킨지는 어떤 사람이 안전벨트를 안 매서 교통경찰관이 범칙금을 내라고 했는데 싫다면서 법이 잘못됐다고 다퉜던 일에 대해 얘기

차선을 만들고 속도를 정해 놓는 것은 자유를 제한하지만 꼭 필요한 일이다.

해줬습니다. 자유를 지나치게 제한하기 때문에 침해라고 하면서요. 안전벨트를 안 매서 많이 다치더라도 자기가 알아서 할 일이라고 말입니다. 자동차 안에는 자기 혼자 있는 공간이니까 그 안에서 안전벨트를 매고 안 매고는 사생활의 자유라고도 주장했다는 것입니다. 시연이는 그럴 수도 있겠다 싶었는데 맥킨지는 조금 더 넓게, 주위까지 보라고 설명해줬습니다. 만약 사고가 일어났는데 운전자가 안전벨트가 없어 머리를 세게 부딪혔다고 생각해보라는 겁니다. 정신을 잃는 바람에 차가 제멋대로 움직여서 인도로 돌진한다면 어떻게 될 것인지 말입니다. 더 많은 사람들이 크게

　　　　　　　　　　　제4장 우리가 사는 세상, 살고 싶은 세상

다칠 수도 있겠지요. 설령 혼자만 다치더라도 대한민국의 소중한 구성원 한 사람이 다치면 사회 전체에 그만큼 손해입니다. 게다가 헌법 제34조 제6항은 국가는 위험으로부터 국민을 보호해야 한다고 정해 놓기도 했습니다. 그러니 안전벨트를 매면 조금 답답하고 불편하더라도 강제로 매게 하는 법이 필요하다는 것이지요.

"그러면 학생들의 자유를 제한하는 법도 있겠네? 우리가 국가 안보를 위협할 리는 없고 공공복리나 질서 유지 이런 것들을 위해서 말이야?"

"물론 그렇지. 그런데 학생들의 경우는 제한이라기보다 보호하기 위해서라고 봐야겠지. 예를 들어 시연이 또래 친구들은 부모님 허락이 없으면 물건을 사고파는 것도 할 수 없어. 아르바이트 같은 것도 할 수 없고."

"뭐라고? 그럴 리가. 우리 또래가 아르바이트 하는 건 못 봤지만 문구점이나 편의점에서 무엇을 살 때 아무 얘기 안 하던데?"

"그거야 값이 얼마 안 되는 물건들이니까 부모님 허락이 있었다고 보는 거지. 실제로 부모님이 주신 용돈으로 군것질 정도 하는 거고. 그런 거 말고, 시연이가 입고 싶어 했던 스포츠 브랜드의 점퍼처럼 비싼 물건들은 안 돼. 혹시 용돈을 모아서 샀다고 하더라도 시연이 부모님이 가게에 가서 부모 허락 없이 산 물건이라고 하면 무조건 없었던 일로 하고 환불해줘야 해. 시연인 불평할지 모르지만 나쁜 어른에게 속아서 책임질 수 없는 약속을 하는 것을 막기 위해서야. 또 어린이들이 볼 수 있는 영화와 어른들만 볼 수 있는 영화를 나누어 놓은 것도 감수성이 예민한 나이에 감당하기 힘든 장면들을 보지 않도록 보호하는 거야."

그러면서 맥킨지는 초등중교육법 제18조도 다시 보여주었습니다. 앞서 맥킨지는 제4항만 보여주었고 거기에는 학생들의 옷차림이나 머리 모양을 자유롭게 할 수 있도록 해야 한다는 내용이었습니다. 그런데 놀랍게도 그에 앞선 제1항과 제2항은 '학교의 교장 선생님이 학교에서 지켜야 할 규칙을 정할 수 있고, 거기 따르지 않는 학생은 징계까지 할 수 있다'는 것이었습니다. 시연이는 맥킨지에게 따졌지요.

"뭐야 이게? 학생들 마음대로 할 수 있다면서 또 교장 선생님이 마음대로 규칙을 정한다면 어쩌라는 거야?"

"헌법에서 기본권을 보장해주면서 한편으로 필요에 따라 제한할 수 있다고 하는 것과 마찬가지지. 그런데 인공지능인 나로서는 참 판단하기 어려운 부분이 있어. 인간들이 즐겨 쓰는 표현으로 적당하다는 말이 있지? 그게 진짜 어려워."

그러면서 맥킨지는 다시 화려한 모습으로 바뀌었습니다.

"자, 내가 조금씩 모습을 바꿔 볼게. 어느 정도가 시연이 보기에 적당해 보이는지 알려줘."

맥킨지는 하나씩 하나씩 평범한 모습 쪽에 가깝게 변신을 했습니다. 염색을 하지 않은 머리칼로 바꾸고, 치마가 길어지고, 상의도 활동하기에 편한 옷으로 하나씩이요. 시연이 주변 친구들과 거의 다름없이 바뀌었을 때 시연이는 손을 들었지요.

"지금이야. 딱 그 정도면 적당하지 않을까?"

"음. 그래도 어느 정도는 비슷하게 맞췄네. 이렇게 적당하다는 것은 그때그때 어떤 일을 두고 보느냐에 따라 다르거든. 교복을 아예 딱 정해 놓고 그것만 입어야 한다면 쉽고, 머리도 20센티미터 이상은 안 된다고 정하면 쉽겠지. 자율성을 보장해주면서 지나치지 않아야 하니까 어려운 거야. 어린이가 볼 수 있다, 어른만 봐야 한다고 영화 등급을 정하는 것도 그렇고. 기본권을 제한하는 문제를 두고 종종 사람들이 논쟁을 벌이는 이유가 바로 적당한 게 어느 정도이냐에 따라서 그래. 자유롭지만 어디까지 자유롭다고 해야 할지 매번 달라지니까."

"그걸 정할 수 있는 기준 같은 건 없어?"

"있기는 하더라고. 그걸 뭐라고 해야 할까. 속담으로 '닭 잡는데 소 잡는 칼 쓴다'는 말이 있는데 들어 봤니? 어떤 일을 할 때 지나치거나 부족하지 않도록, 적당해야 한다는 거지. 숫자로 명확하게 계산을 하는 것이 원칙인 내 입장에서는 역시 어렵지만."

맥킨지는 과잉금지원칙에 대해 알려주었습니다. 국가가 국민의 기본권을 제한하는 것이 헌법에 어긋나지 않는지 판단하는 네 가지 단계인데요. 학교에서 규칙을 정해 옷차림이나 머리 모양을 어느 정도 제한한다고 봤을 때도 마찬가지로 적용해볼 수 있습니다. 첫번째는 목적이 정당해야 합니다. 학교생활에 지장을 주지 않고, 청소년의 건강과 성장에 방해되지 않기 위해서라면 목적은 나쁘지 않습니다. 학생들이 알아서 옷차림을 하면 가정환경에 따른 차이도 나니까 차별을 막기 위해 교복을 입는다면 그것도 나쁜 목적은 아닙니다. 두번째는 수단과 방법이 적절한가입니다. 아주 이상한 옷을 강요하거나 머리를 빡빡 밀자고 하는 것은 아니니까 문제되지 않을 것입니다. 세번째는 그런 일로 입게 되는 피해를 최소한도로 줄여야 합니다. 개성을 마음껏 발휘하지 못하는 피해는 있겠지만 역시 아주 엄격한 제한만 아니라면 받아들일 만합니다. 마지막이 목적을 달성해서 얻는 이익이 희생보다 크거나 최소한 같아야 한다는 균형성입니다. 학교생활에 충실하고 친구와 원만하게 지낼 수 있다면 멋 부리는 정도는 참을 수 있겠지요. 조금 더 나이가 들면 하고 싶은 대로 마음껏 할 수 있으니까요. 그런데 맥킨지 말마따나 여전히 조금 아리송하기는 했습니다.

"그런데 말이야. 과잉금지원칙을 적용해서 옳은가 그른가를 가리는 것도 결국 그 학교에서 어떤 규칙을 정했느냐에 따라 달라지는 거겠네? 벌써 우리가 진학할 어느 중학교는 교장 선생님이 아무 것도 간섭하지 않는다고 하고, 어느 중학교는 여학생들에게만 엄격하다는 등 소문이 무성하단 말이야."

"그래서 나도 인간들이 어렵다는 거야. 기준이 있어도 여전히 각자 다른 생각들을 하니까. 학생인권조례를 두고도 어른들은 어디까지 학생들에게 허용하는 것이 맞는지를 두고 많이들 싸우더라고. 물론 이해가 가지 않는 건 아니야. 시연이에게는 너무 당연하게 여겨지는 자유와 권리지만 막상 대한민국이라는 나라의 역사를 두고 보면 어른들조차 자유와 권리를 누린 지 얼마 되지 않았거든. 시연이 할아버지, 할머니가 젊으셨을 때는 나라에서 머리카락 길이도 단속을 하고, 치마가 짧다고 벌금을 내라고 했거든."

"맞다. 나도 TV에서 흑백 화면으로 옛날 모습을 본 적 있어. 진짜 웃기네. 아이도 아니고 어른들 치마 길이를 단속했다니."

"대한민국 국민 전체로 보면 자유와 권리에 대해 아직도 서로 정해가는 단계가 아닐까 싶어. 내가 보기엔 답답하고 우스워 보이기도 하지만 그런 것들 하나하나를 국민 전체가 받아들일 수 있을 만큼 토론하고 정해가는 과정이 민주주의라고 하니까."

시연이는 국가는 기본권을 보장하지만 국민 전체를 위해 필요할 때는 기본권을 제한할 수 있다는 것, 하지만 그것도 지나치면 안 된다는 것을 배웠습니다. 그런 제한이 어느 정도여야 하는지는 결국 국민 스스로가 정해가는 것이라는 것도요. 그리고 보면 학교에서 친구들과의 문제도 마찬가지였습니다. 서로 조금씩 양보해 가면서 분위기 좋은 학급을 만들어야 각자가 하고 싶은 일도 더욱 잘할 수 있을 테니까요. 시연이가 학급회장 공약으로 친구들의 얘기를 잘 듣고 서로 협력해 나가자고 한 것이 아주 잘 맞는 얘기였던 셈입니다. 조금은 복잡하고 오래 걸리더라도 일방적으로 분위기를 엄격하게 만들거나 시연이가 홧김에 말한 것처럼 친구들을 꼼짝 못하게 하지 않고 말입니다. 그런데 시연이에게 한 가지 궁금한 점이 더 남았습니다.

"보다 큰 목적을 이루기 위해 기본권을 제한하고, 학교의 규칙을 만드는 것은 국가와 국민 사이의 일이고 학교와 학생들 사이의 일이잖아. 성문이와 상희는 조금 다르지 않나? 자기네들끼리 서로 원하는 게 다른데. 이럴 때는 어떻게 하지? 누구 한쪽만 일방적으로 손 들어줘야 하나? 물론 내 맘대로 한다면 성문이 먹거리를 모두 뺏어버리고 싶기는 하지만 말이야."

"그런 경우도 있지. 국가와 국민 사이가 아니라 국민들끼리 각자 자기 기본권을 주장하는데 그게 둘 다 만족시킬 수 없을 때가 있지. 그런 걸 기본권 충돌이라고 불러."

맥킨지는 그러면서 어른들끼리 담배 때문에 헌법재판소에 갔던 일을 알려줬습니다. 담배는 몸에 해롭지만 불법은 아니지요. 나쁜 일이지만 헌법이 행복추구권을 보장하고 있는 이상 담배 피울 권리도 있습니다. 담배를 좋다고 하는 어른들은 어디서든 편하게 피우고 싶어 했습니다. 하지만 담배를 싫어하는 사람들 입장에서는 여기저기에서 담배 연기 맡는 것을 싫어할 수밖에 없습니다. 그냥 싫은 게 아니라 담배 연기 때문에 건강을 해칠 수 있으니까요. 헌법재판소는 담배 피우는 사람들에게 정해진 곳이 아니면 피울 수 없다고 결정을 했습니다. 양쪽 다 권리는 있지만 건강과 보건에 관한 권리가 훨씬 중요하다고 본 것입니다. 그 덕분에 요즘엔 지하철, 버스 정류장 주변은 물론이고 사람들이 많이 모이는 거리들도 대부분 금연 구역으로 정해졌지요. 이처럼 두 개의 기본권 중에서 보다 중요한 권리가 있을 때는 문제가 간단합니다. 재산에 관한 권리보다는 사람 자체의 인격에 관한 권리를 더 보호해 주는 식이지요. 그런데 그렇게 어느 한쪽을 편들어주기 어려울 때면 서로 조금씩 양보한다거나 아니면 제삼의 다른 방법을 찾아야 한다고 했습니다.

"그럼 성문이랑 상희는 어떻게 하지? 성문이가 먹는 건 담배처럼 연기가 나는 것도 아니고, 냄새야 싫겠지만 상희의 건강을 해치는 것도 아니고. 제삼의 방법이 뭐가 있을까?"

잠들기 전까지 이런저런 방법을 찾던 시연이는 다음날 학교에서 아이들에게 성문이와 상희에 대해 보다 자세하게 물어봤습니다. 그 덕분에 뜻밖의 사실을 알게 됐죠. 성문이가 상희를 좋아한다는 것이었습니다. 배가 고파서가 아니라 상희에게 잘 보이려고 맛있는 걸 싸오는 거였지요. 사실 상희도 꼭 냄새가 싫은 것이 아니었습니다. 걸그룹이 꿈인지라 살찔까 봐 급식이나 집에서 주는 음식 말고는 안 먹는 거였습니다. 특히나 인스턴트식품은요. 그걸 모르고 성문이가 칼로리 높은 치즈 과자 등을 자꾸 먹으라고 권하니 짜증이 났습니다. 중요한 사실을 안 시연이는 조용히 성문이를 불렀습니다. 상희의 꿈에 대해 알려주고 과자 말고 향기 좋은 민트 같은 걸 권해보라고 했지요. 기왕이면 설탕이 들어가지 않은 걸로요. 아니나 다를까 며칠 지나지 않아 시연이는 성문이와 상희가 웃으며 사이좋게 지내는 걸 볼 수 있었습니다. 이번엔 둘이 너무 떠들까 봐 다시 걱정이 들기는 했지만요.

제4장 우리가 사는 세상, 살고 싶은 세상

국가나 법이 잘못했다면
어떻게 해결할까?

　토요일 오전 느지막히 시연이는 엄마와 함께 아침 겸 이른 점심을 먹고 있습니다. 시우는 주말 오전이면 체력 보충을 위해 일찌감치 실내 암벽등반을 하러 갔지요. 아빠는 보이지가 않습니다. 시연이는 아무렇지 않은 듯 엄마가 주말 특식으로 차려준 계란 토스트와 과일, 요구르트를 먹었습니다. 엄마와 시연이가 식탁을 깨끗이 비워갈 때쯤에야 아빠가 안방에서 나왔습니다. 머리는 도무지 설명하기 어려운 형태로 이리저리 뭉치고 흐트러졌고, 늦잠을 잔 덕분인지 얼굴은 부스스하고 까칠한 수염까지 돋아 있습니다. 엄마는 눈길도 주지 않고 물었지요. 목소리만 낮게 깔아서 말입니다.

"술을 얼마나 마셨길래 저 모양일까. 어제는 몇 시에 들어왔어요?"

"어, 재판이 예상했던 방향으로 흐르지를 않아서 말이야. 의뢰인하고 이런저런 얘기를 좀 하다 보니까……."

"이제는 의뢰인하고까지 술을 먹어요? 할 얘기가 있으면 사무실에서 정식으로 회의를 하면 되지?"

"아니 그게 아니고. 원래부터 알던 분이 소개해준 분인데 마침 그분까지 함께 만나자고 하셔서. 뭐 꼭 재판 말고도 이런저런 얘기를 하다 보니까. 그냥 시간만 늦은 거야. 술은 진짜 많이 안 마셨어. 냄새 맡아봐!"

아빠는 별로 그럴듯하게 들리지도 않는 핑계를 대면서 억울한 척 엄마에게 입까지 열어 보이려고 했습니다. 그 사이를 시연이가 끼어들었습니다.

"아빠. 안 그래도 궁금하던 참이었어요. 아빠는 도대체 무슨 일을 하고 다니시는 거예요?"

"뭐야? 우리 따님까지 왜 이러실까. 어제는 일이 조금 늦게 끝났어. 엄마가 오늘 아침엔 급한 일도 없다고 그랬고, 금요일이면 아무래도 술 생각이 나거든. 하하하. 지난주 우리 따님한테 일찍 들어오기로 약속한 날엔 다 일찍 들어왔잖아. 아빠 진짜 술 많이 안 마셨어. 진짜야."

아빠는 참 거짓말을 못합니다. 엄마한테 조금 전에 손님 때문에 마신 것처럼 얘기해 놓고 말이에요. 금방 술이 먹고 싶었다고 술술 다 털어놓습니다.

"아니 난 아빠 술 먹는 건 관심 없어요. 진짜로 아빠가 무슨 일을 하는지 궁금해서 물어보는 거예요."

아빠는 아무래도 무슨 말을 하는 건지 모르겠다는 듯 멍하니 술이 덜 깬 표정을 지었습니다. 아빠 직업은 변호사입니다. 6학년이나 된 시연이가 그걸 모를 리는 없지요. 죄를 짓지 않았는데 재판을 받게 됐다면 억울한 사실을 밝히도록 도와주지요. 다른 사람과 사업을 하는데 누군가 약속을 지키지 않아 손해를 입었다면 그만큼을 돈으로라도 받을 수 있도록 합니다. 공장이나 집을 지으려고 할 때 시청, 군청에서 허락을 받을 수 있도록 도와주기도 하고요. 시연이가 지금보다 어렸을 때 출근하려는 아빠를 붙들고 그날은 어떤 재판을 할 건지 물어보곤 했거든요. 아빠는 한참 만에 그때 일이 떠올랐는지 빙긋이 미소를 지었습니다.

"요즘은 그런 거 안 물어보더니 웬일이야. 가만있자, 지금 진행하고 있는 재판 중에 시연이가 재미있어 할 만한 게 뭐더라."

"아니요. 틀렸어요. 아빠 같은 변호사가 왜 필요한지 모르겠어서 그래요. 문제가 생기면 그냥 법원에서 판사님이 알아서 해주면 되는 거 아닌가요? 법은 어차피 정해져 있잖아요. 검사님은 나쁜 사람들 잡는 일에 필요하겠지만. 변호사는 왜 필요한 거예요?"

시연이가 아빠를 곤란하게 만들고 있는 이유는 헌법 때문입니다. 국가가 보장해줘야 하는 기본권들을 죽 훑어보다가 재판청구권에 대해 알게 됐거든요. 헌법 제27조 제1항은 '모든 국민은 헌법과 법률에 정한 법관에 의하여 법률에 의한 재판을 받을 권리를 가진다'고 했습니다. 판사가 정해진 법에 따라 재판을 하면 된다는 것이니 변호사는 필요가 없을 것이라는 생각이 들었습니다. 더구나 뉴스를 보니까 인공지능이 발달하면 없어질 직업들 중의 하나로 법조인을 꼽더라고요. 아닌 게 아니라 아무리 판사, 검사, 변호사가 공부를 많이 해도 법전을 한 글자도 틀리지 않고 다 알고 있을 맥킨지 같은 인공지능에게 당할 수 없을 것도 같았습니다.

"맥킨지도 그랬어요. 어떤 인간도 자기처럼 완벽하게 모든 법을 다 알 수는 없을 거라고. 법원에서 어떤 사건에 대해 어떤 판결을 내리는지도 모두 다 알고 있다고요."

물론 맥킨지가 정확하게 그렇게 말하지는 않았습니다. 맥킨지는 인터넷에 연결된 정보는 죄다 알 수 있지만 사람들이 그런 법을 어떻게 쓰는지는 잘 모르겠다고 했거든요. 하지만 시연이는 그건 어쩌면 맥킨지가 아직 어린(?) 인공지능이라서 그럴 것이라는 생각이 들었습니다. 맥킨지가 어느 날엔가 아빠를 실업자로 만들 수도 있을 것 같았습니다.

"아. 난 무슨 소린가 했네. 그런데 재판청구권이란 권리는 재판조차 하지 않고 사람들을 가두거나 벌주었던 예전과 같은 일이 다시 생기지 않도록 헌법에 정한 권리야. 권력을 가진 사람 마음대로 국민의 자유를 제한할 수 없도록 말이야. 반드시 신분이 보장된, 권력으로부터 독립된 법관에 의한 재판을 거쳐야 하고 그렇지 않은 한 무죄라는 뜻에서 말이지. 시연이가 오해를 했구나. 근데 맥킨지는 누구길래 그렇게 법을 잘 안다고 하는 거야?"

"맥킨지? 그러니까 그게 있지요. 인공지능에 관한 동화책에 나오는 주인공이에요. 암튼, 아빠가 왜 필요한지는 여전히 모르겠는 걸요."

시연이는 자기도 모르게 불쑥 맥킨지의 이름을 꺼냈던 겁니다. 화들짝 놀라 대충 둘러대고 하던 얘기로 돌아갔지요. 법관에 의한 재판을 받으면 되니까 판사만 있으면 되지 않을까 싶어서요. 검사는 나쁜 사람들 잡는 일이라도 하는데 변호사는 무슨 일을 하는 건지 잘 모르겠습니다. 아빠는 뜨거운 커피를 두어 모금 들이키더니 머릿속이 정리됐는지 설명을 시작했습니다.

"현대국가에서 재판은 다른 어떤 일보다 민주주의 원칙에 따라서 이루어지는 거야. 국가의 주인이 국민인 것처럼 재판장의 주인은 판사가 아니라 재판을 받는 사람들이야."

"말도 안 돼요. 죄 지은 사람이 어떻게 재판의 주인공이에요? 뭘

잘했다고요?"

"죄를 지었는지 아닌지는 재판이 끝날 때까지 모르는 거야. 재판이 끝날 때까지는 아무리 중대한 범죄를 저질렀다는 의심을 받더라도 무죄로 대우해줘야 한다는 무죄추정의 원칙을 알잖아. 시연이가 종종 엄마, 아빠의 간섭이 싫다면서 자주 쓰는 말이 뭐지?"

"내 일은 내가 알아서 한다. 이거 말이에요?"

"응, 원래 재판은 그런 거야. 민주주의 사회에서 국민 한 사람 한 사람은 국가의 주인이고, 자기 권리는 자기가 주장하는 것이 원칙이야. 그래서 재판의 당사자라고 부르지. 당사자들이 각자 무엇을 원하는지 주장하고, 주장을 뒷받침해줄 수 있는 증거를 내밀면 판사는 양쪽 얘기 중에 어느 쪽이 맞는지 심판을 하는 거야. 판사가 직접 나서서 진실이 뭔지 알아보는 게 아니야. 이런 재판방식을 변론주의라고 한단다."

형사재판에서라면 검사가 죄를 지었다고 주장하는 쪽이고, 그 반대편에서 피고인으로 불리는 사람은 죄를 짓지 않았다고 주장하는 사람입니다. 혹은 죄를 지었더라도 검사가 주장하는 것처럼 큰 벌을 받을 만큼은 아니라고 다투는 쪽입니다. 죄를 지었다고 의심받는 사람을 잡을 때의 검사는 경찰과 함께 수사하는 입장이지만 일단 나쁜 사람으로 보이는 사람을 잡으면 역할이 바뀝니다. 검사와 피고인은 법정 안에서는 동등한 입장으로 누가 옳은지를 주장

제4장 우리가 사는 세상, 살고 싶은 세상

하고 그 말을 판사가 들어보고 결정을 합니다. 법정의 자리 배치도 양쪽에 똑같은 위치에 마주 보며 앉습니다. 다만 아무래도 날마다 법을 다루는 검사가 유리할 수밖에 없으니까 피고인은 변호사에게 도움받을 수 있는 권리를 준 겁니다. 시연이 아빠의 일이지요.

민사재판을 보면 동등한 관계가 더욱 두드러집니다. 예를 들어 시연이가 시우에게 5만 원을 빌려줬는데 갚지 않는다며 법원에 갑니다. 시우는 돈을 갚았다고 할 수도 있고, 빌린 것이 아니라 시연이가 그냥 줬다고 할 수도 있지요. 혹은 아예 받은 사실이 없다고 할 수도 있습니다. 이런 얘기들은 그냥 말로만 해서는 안 되고 각자 주장을 뒷받침해줄 증거가 있어야 합니다. 그래야 판사가 누구 말이 옳은지 판단할 수 있습니다. 그런데 어른들 사이의 약속은 단순하게 돈을 얼마 빌려주고 갚기로 하는 정도가 아니라 훨씬 복잡할 때가 많습니다. 그럴 때는 무슨 주장을 어떻게 해야 하는지, 증거는 어떤 것들을 내야 하는지 알기가 어렵습니다. 모든 사람이 법률 전문가는 아니니까요. 그럴 때 역시 시연이 아빠와 같은 변호사의 도움이 필요합니다. 시연이는 고개를 끄덕이며 들었지만 여전히 부족한 부분이 있었습니다.

"왜 그렇게 복잡한 절차를 거쳐야 하는 거예요? 그냥 판사가 알아서 다 해주면 훨씬 편하지 않을까요? 변호사가 도와주더라도 재판을 하려면 머리 아픈 법에 대해 어느 정도 알아야 하잖아요."

"그럼 시연이는 왜 엄마, 아빠가 다 해주는 대로 하지 않고 알아서 하겠다고 할까?"

"그거야 나도 클 만큼 컸으니까요. 맨날 품 안의 자식인 건 아니잖아요. 엄마, 아빠와 동등한 인격체라고요!"

"맞아. 법원의 역할도 마찬가지야. 판사나 검사가 국민보다 우월한 사람이 아니거든. 알아서 다 해달라는 건 예전과 같은 신분제 사회일 때나 가능한 거야. 높은 자리에 앉은 사람들은 아랫사람들이 뭐라든 증거가 뭐든 신경 쓰지 않고 자기네들이 알아서 하고 싶은 대로 했지. 그러다 억울한 일을 당해도 대꾸도 못하고 말이야. 하지만 민주주의 사회의 주인은 국민 한 사람, 한 사람이니까 자기 일은 자기가 알아서 하는 거지. 대한민국에서 법은 국민의 대표인 국회에서 만들지. 법이란 국민들끼리의 약속인 거야. 약속을 한 사람들이 그 약속의 내용에 대해서는 당연히 알아야지."

아빠는 대신 사람들의 불편을 줄이기 위해 경제적으로 어려운 사람을 위해 국선 변호인이나 법률 상담을 받을 수 있는 제도를 운영하는 거라고 덧붙였습니다. 법원에서도 당사자들의 자유를 해치지 않는 한도에서 조언을 해주기도 하고요.

이젠 시연이의 두 번째 고민을 해결할 차례였습니다.

"하긴 뭐 요즘은 인터넷이 발달해서 웬만한 건 찾으면 나오니까, 조금만 노력하면 필요한 법을 알 수도 있겠네요. 맥킨지 같은,

아니 그러니까 인공지능까지 발달하면 더 그렇겠죠. 그러다 정말로 판사, 검사, 변호사 같은 사람들이 필요 없어지는 거 아녜요? 인공지능이 안내하는 대로 필요한 자료를 내면 되는 거 아닌가. 어차피 법은 정해져 있으니까요."

"아빠 걱정을 하는 건지, 아빠를 무시하는 건지 모르겠네. 시연이 말이 분명히 일리는 있어. 과학기술이 발전하면 많은 직업들이 없어지고 새로운 일자리가 생길 거야. 그런데 말이야, 인공지능이 그렇게 발달하면 그 인공지능에 대해서는 법적으로 어떻게 평가를 해야 할까? 사람들의 일에 어느 정도 관여할 수 있게 할지, 인공지능의 실수로 좋지 않은 일이 생기면 어떻게 할지. 시대가 바뀌면 새로운 법도 필요해지거든. 법은 모든 걸 정해 놓고 대입만 하면 되는 게 아니야. 많은 사람들이 살고 그만큼 많은 일들이 벌어지지. 비슷한 일을 참고할 수는 있지만 늘 똑같은 일이 아니기 때문에 사람의 판단이 꼭 필요할 거야. 아빠는 그렇게 생각해. 게다가 법이 늘 옳은 것도 아니고 말이야."

"법이 옳지 않다고요? 그게 무슨 말이에요? 법이 틀리면 그게 어떻게 법이에요. 그런 법으로 사람을 재판한다고요?"

"뭘 그렇게 놀라니? 지난번에 기본권의 제한에 대해 배우지 않았어? 자유와 권리를 국가의 필요에 의해 제한을 하더라도 지나치면 안 된다고 했잖아. 만약 지나쳤다면 틀린 법이지."

"틀린 법이라니, 이상해요. 그럼 어떻게 해야 해요?"

"음. 시연이랑 떠들다 보니 술은 깼는데 아빠도 배가 고파졌어. 어디 보자, 우리 그럴 게 아니라 헌법재판소 견학이라도 다녀오면 어떨까? 다음 주나 그다음 주 정도 시연이 오후 수업도 일찍 끝나고, 아빠가 재판 없는 날로 골라서 말이야. 아빠가 밥먹고 인터넷으로 신청할게."

예상하지 않았던 나들이 계획이 생겼습니다. 엄마는 헌법재판소 주변에 북촌, 인사동 같은 명소들이 있어서 구경하러 갈 만하다고 부추겼지요. 볼거리도 많고 시연이가 좋아할 만한 예쁘고 아기자기한 기념품들 파는 곳도 많다고요.

"대신 헌법재판소가 어떤 일을 하는 곳인지는 시연이가 숙제로 알아봐야겠지? 다른 것보다 법이 어떻게 틀릴 수 있는지 말이야."

당연히 숙제는 맥킨지와 함께 할 일이지요. 시연이는 국회에서 만드는 법인데 어떻게 틀린 법을 만들 수 있다는 것인지 의아하기만 했습니다. 아빠가 헌법재판소에 가자고 했으니 짐작하건대 헌법에 어긋나는 법이라는 것이겠지요.

"맥킨지야, 헌법에 어긋나면 법이 틀린 거라고 보는 거야? 헌법재판소는 그런 일을 하는 곳이겠구나?"

"어른들이라고 늘 옳은 일만 하지는 않잖아. 나이를 먹었지만 마음은 자라지 않아서 못된 일을 하는 사람들도 생각보다 많고.

다른 국민들에게 피해를 끼치면 그 대가로 일정한 시간 교도소에서 반성하는 시간을 갖도록 하잖아. 그런데 그런 사람들을 벌주기 위해 법을 만들다가도 뜻밖의 잘못을 저지르기도 해. 시연이도 장발장이라는 이름을 들어봤지?"

그 유명한 빅토르 위고의 소설 『레미제라블』에 나오는 주인공을 모를 리가 있겠어요. 아마 맥킨지와 나눈 대화나 검색 기록에 장발장이라는 이름이 없으니까 시연이가 알고 있는 건지 확실하지 않았을 뿐이지요. 소설 속의 장발장은 빵 한 조각을 훔쳤다는 죄로 무려 19년이나 감옥에서 지내야 했습니다. 감옥에서 나온 이후에도 범죄자라는 이유로 색안경을 끼고 바라보는 사람들 때문에 힘든 삶을 살아야 했습니다. 그런데 맥킨지는 놀랍게도 대한민국에도 그런 법이 있었다고 알려주었습니다. 도둑질은 나쁜 짓입니다. 여러 번 반복해서 습관적으로 죄를 짓는다면 더 나쁜 짓이고요. 그래서 국회는 여러 번 반복해서 도둑질을 한 사람은 3년 이상 또는 영원히 감옥에 가두도록 법을 만들었습니다. 선량한 사람들에게 많은 피해를 입혔으니 그렇게 벌을 받아도 싸다고 생각할수 있지요. 문제는 여러 번 지은 죄가 모두 아주 가벼울 때도 있다는 거지요. 마치 빵 한 조각을 훔친 장발장처럼 너무 배가 고파서 가격이 얼마 되지 않는 것을 훔쳤더라도 여러 번 잡히다 보면 그법에 따라 벌을 줬습니다. 억울해서 눈물이 날 수밖에 없었습니다. 헌법재판소는 그런 법이 인간의 존엄과 가치를 심각하게 해치고, 평등의 원칙에도 맞지 않기 때문에 헌법에 어긋난다고 봤습니다. 누구는 한 번이라도 수십, 수백만 원을 훔칠 수 있는데 아무리 여러 번 물건을 훔쳤어도 몇 만 원에 그칠 수 있잖아요. 그럴 때 몇 만 원 훔친 사람을 훨씬 무겁게 벌을 주는 것은 헌법에 맞지 않는다고 봤습니다.

"당연히 그렇게 바뀌어야지. 애초에 어른들은 왜 그런 생각을 하지 못했을까? 맥킨지 너라면 그런 문제가 생기리라는 것을 알 수 있지 않았을까?"

"글쎄. 사람들의 행동은 쉽게 이럴 것이다 저럴 것이다 예상할 수가 없더라고. 무엇보다 혼자만이 아니라 여러 사람들이 얽히고 설켜 있다 보니까. 어떤 일을 벌일 것이고 어떻게 막아야 할지 잘 모르겠어."

"너 설마 변호사인 아빠 일자리 없어질까 봐 내가 걱정하는 거 알고 그런 식으로 얘기하는 건 아니지?"

"아니야. 난 인간에 대해 관심이 많고 인간을 돕고 싶다는 본능 비슷한 게 있어. 아마 그건 컴퓨터나 인터넷처럼 나를 태어나게 한 요소들이 인간들을 돕고 있기 때문이겠지. 그래서인지 인간이 해야 하는 일과 내가 할 수 있는 일에 어떤 경계선이 있다는 생각을 늘 해. 재판을 하는 판사나, 자기주장을 펴는 변호사에게 비숫한 사건에서는 어떤 일이 있었는지 찾아주는 정도로 말이야. 하지만 그 이상은 못해. 아까 그 장발장 법이 있었다면 난 당연히 그 법을 적용하라고 했을 거야. 인간들처럼 그 법에 문제가 있다고 생각하기는 어렵지. 이미 있는 것들에 대해서는 너무 잘 알지만 새로운 것들을 만들어내는 건 인간의 몫인가 봐."

"오호! 앞으로 다른 인공지능들이 생기더라도 너 같았으면 좋겠다. 그럼 헌법재판소는 어떻게 장발장 법이 헌법에 어긋난다고 판단하게 된 거야."

헌법재판소의 역할 중에는 위헌법률심판이 있습니다. 재판을 하다 보면 어떤 사건에 대해 어떤 법을 따라야 할지를 알 수 있습니다. 그런데 그렇게 얻어지는 결론이 아무래도 이상할 때가 있습니다. 장발장 법처럼 말이에요. 그럴 때 변호사나 혹은 판사가 이 법은 잘못된 법으로 보인다고 헌법재판소에 의견을 묻는 겁니다. 그리고 헌법재판소가 결론을 내릴 때까지 재판은 잠시 멈춥니다. 잘못이 없다고 결론이 나면 합헌, 그대로 법을 적용해 재판을 합니다. 헌법에 어긋난다고 보면 위헌, 그 법은 즉시 없어집니다. 그리고 다른 법을 가지고 재판을 합니다. 잘잘못을 따지는 기준은 앞서 보았던 과잉금지 원칙으로 보는 겁니다. 법의 목적은 헌법 정신에 맞는지, 그걸 실현하기 위한 수단은 나쁘지 않은지, 피해를 덜 주는 다른 방법은 없는지, 그 법을 통해 실현하고자 하는 일이 개인에게 끼치는 피해보다 중요한 일인지 말입니다.

법률에 의한 것이 아니더라도 국가가 하는 일이 국민의 기본권을 침해할 수도 있습니다. 그럴 때는 헌법소원을 제기할 수 있습니다. 잘못을 저질러 구치소 같은 교정시설에 가두더라도 인간으로서의 존엄과 가치는 지켜줘야 합니다. 너무 많은 사람을 좁은 방에 가두게 되면 생활하기에 불편하고 같이 있는 사람들끼리 다투게 될 수도 있습니다. 벌을 주는 의미도 있지만 한동안 사회와 떨어져 지내면서 자신의 잘못을 반성하고 다시 사회에 나올 준비를 해야 하는데 그게 어려워질 수도 있습니다. 그래서 헌법재판소는 한 사람당 적어도 2.58제곱미터의 공간은 제공해주라고 했습니다. 위헌법률심판과 마찬가지로 국민의 기본권을 보장해주기 위한 재판이지요.

헌법재판소는 정당에 대한 해산 결정을 할 수도 있습니다. 정당은 정치적으로 뜻을 같이하는 사람들이 모여서 만든 단체입니다. 대한민국에서는 대통령, 국회의원을 뽑아 국민을 대신해 나라의 중요한 일들을 하도록 합니다. 그런데 누가 어떤 생각을 가지고 어떤 일을 하겠다는 것인지 한 사람 한 사람의 얘기를 들어보기가 힘듭니다. 그래서 비슷한 생각을 가진 사람들이 모여 정당을 만들지요. 국민들은 그 정당이 정치적으로 어떤 활동을 하는지 살펴보고 그 정당 소속 후보들을 대통령, 국회의원으로 뽑을 수 있

대한민국이 어떤 나라인지, 그 안에 사는 국민들은 어떻게 기본권을 보장받는지 헌법재판소가 결정한다.

게 됩니다. 정당의 활동은 헌법이 보장하고 있습니다. 하지만 그렇게 해서 힘을 얻은 정당이 대한민국의 이념과 가치, 민주적 기본질서에 어긋나는 목적을 가지고 활동을 한다면 어떻게 할까요. 국민이 맡겨준 권력을 잘못된 방향으로 쓰는 겁니다. 그럴 때 헌법재판소가 정당해산을 하는 것입니다. 헌법질서를 지키기 위한 안전장치인 셈이지요.

탄핵심판 역시 비슷한 장치입니다. 대통령, 국무총리, 장관이나 헌법재판소 재판관, 법관처럼 국민이 맡겨 놓은 권력이 큰 사람이 헌법을 어기거나 법률을 어기면 특별히 헌법재판소가 나서서 그

자리에서 물러나라고 결정할 수 있습니다. 중요한 일을 하는 자리인 만큼 그 자리에서 물러나도록 할 때도 모든 사람이 그 이유를 알 수 있도록 재판을 거쳐서 하는 거지요. 그래야 다음에 그 자리를 맡는 사람은 같은 잘못을 반복하지 않을 수 있으니까요. 그래서 헌법재판소는 탄핵심판을 하는 과정을 인터넷으로 중계해 국민들이 볼 수 있도록 했답니다. 맥킨지는 대통령에 대한 탄핵심판이 이뤄졌던 헌법재판소 대심판정의 모습을 보여주기도 했습니다.

아빠와 함께 한 헌법재판소 견학은 2주 후에 이뤄졌습니다. 높게 솟은 둥근 천장이 유럽의 궁전이나 박물관처럼 웅장해 보이는 건물이었지요. 기념품으로 안내 책자와 연필도 받았고요. 강당에 모여 헌법재판소에서 일하시는 분으로부터 설명도 들었습니다. 맥킨지에게 들었던 얘기랑 많이 겹쳐서 조금 지루하기는 했지만 아빠 손을 잡고 고개를 끄덕이고 있는 시간이라 즐거웠습니다. 마지막으로 맥킨지가 보여줬던 대심판정을 직접 볼 수 있었고요. 헌법재판소 재판관은 모두 아홉 분이라서 그분들이 나란히 앉기만 해도 법정이 얼마나 커야 하겠어요. 헌법과 관련한 중요한 결정을 할 때는 과반수가 아니라 아홉 명 중 여섯 명 이상이 찬성을 해야 한다고 합니다. 그만큼 신중에 신중을 기하는 것이지요. 아빠는 보통 법원의 재판에서는 판사 한 사람이 할 때도 많고, 중요한 사건이라도 세 사람이 진행하는 정도라고 하면서 헌법재판의 중요

대심판정. 아홉 명의 재판관 중 여섯 명이 찬성해야 중요한 사안이 결정된다.

성을 일깨워주었습니다.

"대한민국이 어떤 나라인지, 시연이 표현을 빌면 내가 사는 세상이 어떤 세상인지를 정해 놓은 게 헌법이니까. 그 헌법을 지키는 최후의 법정이 헌법재판소인 거지. 대한민국이 어떤 나라인지, 그 안에 사는 국민들은 어떻게 기본권을 보장받는지 헌법재판소가 결정하는 거란다."

견학을 마치고 나온 시연이는 아빠와 함께 북촌 카페 거리에서 달콤한 케이크와 음료를 마셨지요. 인사동으로 옮겨와서는 아빠를 졸라 한복 모양의 고운 장식품도 샀습니다. 놀라운 것은 어딜 가나 참 많은 외국인들로 북적였다는 것이지요. 아름다운 나라, 멀리서 찾는 나라가 대한민국입니다. 그게 가능했던 이유, 앞으로도 그럴 수 있는 기초가 바로 헌법이고요. 국민이 주인인 나라, 모두가 공평한 대우를 받으면서도 노력하는 만큼 그 결실을 얻을 수 있는 나라, 시연이가 살고 있는 세상입니다.

제4장 우리가 사는 세상, 살고 싶은 세상

변호사 아빠와 함께
제4장에서 생각해볼 거리

국가는 국민이 하고 싶은 일을 하도록 도와주는 게 원래 할 일이지만 반대일 때도 있습니다. 함께 사는 다른 많은 사람들을 위해 개인이 양보해줘야 할 때도 있거든요. 물론 그렇더라도 반드시 필요한 만큼, 지나치지 않게만 개인의 권리를 제한할 수 있습니다. 한편으로는 국민들끼리 각자가 가지고 있는 권리를 주장하다 서로 맞부딪히는 일도 있습니다. 여러 가지 상황을 가정하고 해결 방법을 생각해보면 어떨까요.

국가와 국민 사이에 또는 국민들끼리 갈등이 생겼을 때에 마지막으로 찾는 곳이 법원입니다. 법으로 미리 정해 놓은 해결 방법에 따르는 것이지요. 억지로 따르는 것처럼 생각하기 쉽지만 국민으로서 재판을 받을 권리를 행사하는 것입니다.

재판이란 판사가 일방적으로 결정하는 것이 아니라 참여하는 사람이 옳고 그름을 주장하고, 법에 따라서 옳고 그름을 가려보는 것입니다. 재판의 주인은 국민입니다. 판사는 심판관인 셈이지요. 법도 국민의 대표인 국회의원이 만든 것이고요. 혹시 그 법도 잘못 만들었다면 헌법재판으로 바꿀 수 있답니다.

대한민국 헌법

전문

유구한 역사와 전통에 빛나는 우리 대한국민은 3·1운동으로 건립된 대한민국임시정부의 법통과 불의에 항거한 4·19민주 이념을 계승하고, 조국의 민주개혁과 평화적 통일의 사명에 입각하여 정의·인도와 동포애로써 민족의 단결을 공고히 하고, 모든 사회적 폐습과 불의를 타파하며, 자율과 조화를 바탕으로 자유민주적 기본 질서를 더욱 확고히 하여 정치·경제·사회·문화의 모든 영역에 있어서 각인의 기회를 균등히 하고, 능력을 최고도로 발휘하게 하며, 자유와 권리에 따르는 책임과 의무를 완수하게 하여, 안으로는 국민 생활의 균등한 향상을 기하고 밖으로는 항구적인 세계 평화와 인류 공영에 이바지함으로써 우리들과 우리들의 자손의 안전과 자유와 행복을 영원히 확보할 것을 다짐하면서 1948년 7월 12일에 제정되고 8차에 걸쳐 개정된 헌법을 이제 국회의 의결을 거쳐 국민투표에 의하여 개정한다.

제1장 총강

제1조 ① 대한민국은 민주공화국이다. ② 대한민국의 주권은 국민에게 있고, 모든 권력은 국민으로부터 나온다.

제2조 ① 대한민국의 국민이 되는 요건은 법률로 정한다. ② 국가는 법률이 정하는 바에 의하여 재외국민을 보호할 의무를 진다.

제3조 대한민국의 영토는 한반도와 그 부속도서로 한다.

제4조 대한민국은 통일을 지향하며, 자유민주적 기본 질서에 입각한 평화적 통일 정책을 수립하고 이를 추진한다.

제5조 ① 대한민국은 국제 평화의 유지에 노력하고 침략적 전쟁을 부인한다. ② 국군은 국가의 안전보장과 국토방위의 신성한 의무를 수행함을 사명으로 하며, 그 정치적 중립성은 준수된다.

제6조 ① 헌법에 의하여 체결·공포된 조약과 일반적으로 승인된 국제 법규는 국내법과 같은 효력을 가진다. ② 외국인은 국제법과 조약이 정하는 바에 의하여 그 지위가 보장된다.

제7조 ① 공무원은 국민 전체에 대한 봉사자이며, 국민에 대하여 책임을 진다. ② 공무원의 신분과 정치적 중립성은 법률이 정하는 바에 의하여 보장된다.

제8조 ① 정당의 설립은 자유이며, 복수정당제는 보장된다. ② 정당은 그 목적·조직과 활동이 민주적이어야 하며, 국민의 정치적 의사 형성에 참여하는데 필요한 조직을 가져야 한다. ③ 정당은 법률이 정하는 바에 의하여 국가의 보호를 받으며, 국가는 법률이 정하는 바에 의하여 정당 운영에 필요한 자금을 보조할 수 있다. ④ 정당의 목적이나 활동이 민주적 기본 질서에 위배될 때에는 정부는 헌법재판소에 그 해산을 제소할 수 있고, 정당은 헌법재판소의 심판에 의하여 해산된다.

제9조 국가는 전통문화의 계승·발전과 민족문화의 창달에 노력하여야 한다.

제2장 국민의 권리와 의무

제10조 모든 국민은 인간으로서의 존엄과 가치를 가지며, 행복을 추구할 권리를 가진다. 국가는 개인이 가지는 불가침의 기본적 인권을 확인하고 이를 보장할 의무를 진다.

제11조 ① 모든 국민은 법 앞에 평등하다. 누구든지 성별·종교 또는 사회적 신분에 의하여 정치적·경제적·사회적·문화적 생활의 모든 영역에 있어서 차별을 받지 아니한다. ② 사회적 특수계급의 제도는 인정되지 아니하며, 어떠한 형태로도 이를 창설할 수 없다. ③ 훈장 등의 영전은 이를 받은 자에게만 효력이 있고, 어떠한 특권도 이에 따르지 아니한다.

제12조 ① 모든 국민은 신체의 자유를 가진다. 누구든지 법률에 의하지 아니하고는 체포·구속·압수·수색 또는 심문을 받지 아니하며, 법률과 적법한 절차에 의하지 아니하고는 처벌·보안 처분 또는 강제 노역을 받지 아니한다. ② 모든 국민은 고문을 받지 아니하며, 형사상 자기에게 불리한 진술을 강요당하지 아니한다. ③ 체포·구속·압수 또는 수색을 할 때에는 적법한 절차에 따라 검사의 신청에 의하여 법관이 발부한 영장을 제시하여야 한다. 다만, 현행범인인 경우와 장기 3년 이상의 형에 해당하는 죄를 범하고 도피 또는 증거 인멸의 염려가 있을 때에는 사후에 영장을 청구할 수 있다. ④ 누구든지 체포 또는 구속을 당한 때에는 즉시 변호인의 조력을 받을 권리를 가진다. 다만, 형사피고인이 스스로 변호인을 구할 수 없을 때에는 법률이 정하는 바에 의하여 국가가 변호인을 붙인다. ⑤ 누구든지 체포 또는 구속의 이유와 변호인의 조력을 받을 권리가 있음을 고지받지 아니하고는 체포 또는 구속을 당하지 아니한다. 체포 또는 구속을 당한 자의 가족 등 법률이 정하는 자에게는 그 이유와 일시·장소가 지체 없이 통지되어야 한다. ⑥ 누구든지 체포 또는 구속을 당한 때에는 적부의 심사를 법원에 청구할 권리를 가진다. ⑦ 피고인

의 자백이 고문·폭행·협박·구속의 부당한 장기화 또는 기망 기타의 방법에 의하여 자의로 진술된 것이 아니라고 인정될 때 또는 정식 재판에 있어서 피고인의 자백이 그에게 불리한 유일한 증거일 때에는 이를 유죄의 증거로 삼거나 이를 이유로 처벌할 수 없다.

제13조 ① 모든 국민은 행위 시의 법률에 의하여 범죄를 구성하지 아니하는 행위로 소추되지 아니하며, 동일한 범죄에 대하여 거듭 처벌받지 아니한다. ② 모든 국민은 소급 입법에 의하여 참정권의 제한을 받거나 재산권을 박탈당하지 아니한다. ③ 모든 국민은 자기의 행위가 아닌 친족의 행위로 인하여 불이익한 처우를 받지 아니한다.

제14조 모든 국민은 거주·이전의 자유를 가진다.

제15조 모든 국민은 직업 선택의 자유를 가진다.

제16조 모든 국민은 주거의 자유를 침해받지 아니한다. 주거에 대한 압수나 수색을 할 때에는 검사의 신청에 의하여 법관이 발부한 영장을 제시하여야 한다.

제17조 모든 국민은 사생활의 비밀과 자유를 침해받지 아니한다.

제18조 모든 국민은 통신의 비밀을 침해받지 아니한다.

제19조 모든 국민은 양심의 자유를 가진다.

제20조 ① 모든 국민은 종교의 자유를 가진다. ② 국교는 인정되지 아니하며, 종교와 정치는 분리된다.

제21조 ① 모든 국민은 언론·출판의 자유와 집회·결사의 자유를 가진다. ② 언론·출판에 대한 허가나 검열과 집회·결사에 대한 허가는 인정되지 아니한다. ③ 통신·방송의 시설 기준과 신문의 기능을 보장하기 위하여 필요한 사항은 법률로 정한다. ④ 언론·출판은 타인의 명예나 권리 또는 공중도덕이나 사회 윤리를 침해하여서는 아니된다. 언론·출판이 타인의 명예나 권리를 침해한 때에는 피해자는 이에 대한 피해의 배상을 청구할 수 있다.

제22조 ① 모든 국민은 학문과 예술의 자유를 가진다. ② 저작자·발명가·과학 기술자와 예술가의 권리는 법률로써 보호한다.

제23조 ① 모든 국민의 재산권은 보장된다. 그 내용과 한계는 법률로 정한다. ② 재산권의 행사는 공공복리에 적합하도록 하여야 한다. ③ 공공 필요에 의한 재산권의 수용·사용 또는 제한 및 그에 대한 보상은 법률로써 하되, 정당한 보상을 지급하여야 한다.

제24조 모든 국민은 법률이 정하는 바에 의하여 선거권을 가진다.

제25조 모든 국민은 법률이 정하는 바에 의하여 공무담임권을 가진다.

제26조 ① 모든 국민은 법률이 정하는 바에 의하여 국가기관에 문서로 청원할 권리를 가진다. ② 국가는 청원에 대하여 심사할 의무를 진다.

제27조 ① 모든 국민은 헌법과 법률이 정한 법관에 의하여 법률에 의한 재판을 받을 권리를 가진다. ② 군인 또는 군무원이 아닌 국민은 대한민국의 영역 안에서는 중대한 군사상 기밀·초병·초소·유독 음식물 공급·포로·군용물에 관한 죄 중 법률이 정한 경우와 비상계엄이 선포된 경우를 제외하고는 군사 법원의 재판을 받지 아니한다. ③ 모든 국민은 신속한 재판을 받을 권리를

가진다. 형사 피고인은 상당한 이유가 없는 한 지체 없이 공개 재판을 받을 권리를 가진다. ④ 형사 피고인은 유죄의 판결이 확정될 때까지는 무죄로 추정된다. ⑤ 형사 피해자는 법률이 정하는 바에 의하여 당해 사건의 재판 절차에서 진술할 수 있다.

제28조 형사 피의자 또는 형사 피고인으로서 구금되었던 자가 법률이 정하는 불기소 처분을 받거나 무죄 판결을 받은 때에는 법률이 정하는 바에 의하여 국가에 정당한 보상을 청구할 수 있다.

제29조 ① 공무원의 직무상 불법행위로 손해를 받은 국민은 법률이 정하는 바에 의하여 국가 또는 공공단체에 정당한 배상을 청구할 수 있다. 이 경우 공무원 자신의 책임은 면제되지 아니한다. ② 군인·군무원·경찰공무원 기타 법률이 정하는 자가 전투·훈련 등 직무 집행과 관련하여 받은 손해에 대하여는 법률이 정하는 보상 외에 국가 또는 공공단체에 공무원의 직무상 불법행위로 인한 배상은 청구할 수 없다.

제30조 타인의 범죄 행위로 인하여 생명·신체에 대한 피해를 받은 국민은 법률이 정하는 바에 의하여 국가로부터 구조를 받을 수 있다.

제31조 ① 모든 국민은 능력에 따라 균등하게 교육을 받을 권리를 가진다. ② 모든 국민은 그 보호하는 자녀에게 적어도 초등교육과 법률이 정하는 교육을 받게 할 의무를 진다. ③ 의무교육은 무상으로 한다. ④ 교육의 자주성·전문성·정치적 중립성 및 대학의 자율성은 법률이 정하는 바에 의하여 보장된다. ⑤ 국가는 평생교육을 진흥하여야 한다. ⑥ 학교교육 및 평생교육을 포함한 교육제도와 그 운영, 교육재정 및 교원의 지위에 관한 기본적인 사항은 법률로 정한다.

제32조 ① 모든 국민은 근로의 권리를 가진다. 국가는 사회적·경제적 방법으로 근로자의 고용의 증진과 적정임금의 보장에 노력하여야 하며, 법률이 정하는 바에 의하여 최저임금제를 시행하여야 한다. ② 모든 국민은 근로의 의무를 진다. 국가는 근로의 의무의 내용과 조건을 민주주의 원칙에 따라 법률로 정한다. ③ 근로조건의 기준은 인간의 존엄성을 보장하도록 법률로 정한다. ④ 여자의 근로는 특별한 보호를 받으며, 고용·임금 및 근로조건에 있어서 부당한 차별을 받지 아니한다. ⑤ 연소자의 근로는 특별한 보호를 받는다. ⑥ 국가유공자·상이군경 및 전몰군경의 유가족은 법률이 정하는 바에 의하여 우선적으로 근로의 기회를 부여받는다.

제33조 ① 근로자는 근로 조건의 향상을 위하여 자주적인 단결권·단체교섭권 및 단체 행동권을 가진다. ② 공무원인 근로자는 법률이 정하는 자에 한하여 단결권·단체 교섭권 및 단체 행동권을 가진다. ③ 법률이 정하는 주요 방위산업체에 종사하는 근로자의 단체 행동권은 법률이 정하는 바에 의하여 이를 제한하거나 인정하지 아니할 수 있다.

제34조 ① 모든 국민은 인간다운 생활을 할 권리를 가진다. ② 국가는 사회보장·사회복지의 증진에 노력할 의무를 진다. ③ 국가는 여자의 복지와 권익의 향상을 위하여 노력하여야 한다. ④ 국가는 노인과 청소년의 복지 향상을 위한 정책을 실시할 의무를 진다. ⑤ 신체장애자 및 질병·노령 기타의 사유로 생활 능력이 없는 국민은 법률이 정하는 바에 의하여 국가의 보호를 받는다. ⑥ 국가는 재해를 예방하고 그 위험으로부터 국민을 보호하기 위하여 노력하여야 한다.

제35조 ① 모든 국민은 건강하고 쾌적한 환경에서 생활할 권리를 가지며, 국가와 국민은 환경 보전을 위하여 노력하여야 한다. ② 환경권의 내용과 행사에 관하여는 법률로 정한다. ③ 국가는 주택개발정책 등을 통하여 모든

국민이 쾌적한 주거 생활을 할 수 있도록 노력하여야 한다.

제36조 ① 혼인과 가족생활은 개인의 존엄과 양성의 평등을 기초로 성립되고 유지되어야 하며, 국가는 이를 보장한다. ② 국가는 모성의 보호를 위하여 노력하여야 한다. ③ 모든 국민은 보건에 관하여 국가의 보호를 받는다.

제37조 ① 국민의 자유와 권리는 헌법에 열거되지 아니한 이유로 경시되지 아니한다. ② 국민의 모든 자유와 권리는 국가안전보장·질서 유지 또는 공공복리를 위하여 필요한 경우에 한하여 법률로써 제한할 수 있으며, 제한하는 경우에도 자유와 권리의 본질적인 내용을 침해할 수 없다.

제38조 모든 국민은 법률이 정하는 바에 의하여 납세의 의무를 진다.

제39조 ① 모든 국민은 법률이 정하는 바에 의하여 국방의 의무를 진다. ②누구든지 병역 의무의 이행으로 인하여 불이익한 처우를 받지 아니한다.

제3장 국회

제40조 입법권은 국회에 속한다.
제41조 ① 국회는 국민의 보통·평등·직접·비밀 선거에 의하여 선출된 국회의원으로 구성한다. ② 국회의원의 수는 법률로 정하되, 200인 이상으로 한다. ③ 국회의원의 선거구와 비례대표제 기타 선거에 관한 사항은 법률로 정한다.

제42조 국회의원의 임기는 4년으로 한다.

제43조 국회의원은 법률이 정하는 직을 겸할 수 없다.

제44조 ① 국회의원은 현행 범인인 경우를 제외하고는 회기 중 국회의 동의 없이 체포 또는 구금되지 아니한다. ② 국회의원이 회기 전에 체포 또는 구금된 때에는 현행 범인이 아닌 한 국회의 요구가 있으면 회기 중 석방된다.

제45조 국회의원은 국회에서 직무상 행한 발언과 표결에 관하여 국회 외에서 책임을 지지 아니한다.

제46조 ① 국회의원은 청렴의 의무가 있다. ② 국회의원은 국가 이익을 우선하여 양심에 따라 직무를 행한다. ③국회의원은 그 지위를 남용하여 국가·공공단체 또는 기업체와의 계약이나 그 처분에 의하여 재산상의 권리·이익 또는 직위를 취득하거나 타인을 위하여 그 취득을 알선할 수 없다.

제47조 ① 국회의 정기회는 법률이 정하는 바에 의하여 매년 1회 집회되며, 국회의 임시회는 대통령 또는 국회재적의원 4분의 1 이상의 요구에 의하여 집회된다. ② 정기 회의 회기는 100일을, 임시회의 회기는 30일을 초과할 수 없다. ③ 대통령이 임시 회의 집회를 요구할 때에는 기간과 집회 요구의 이유를 명시하여야 한다.

제48조 국회는 의장 1인과 부의장 2인을 선출한다.

제49조 국회는 헌법 또는 법률에 특별한 규정이 없는 한 재적의원 과반수의 출석과 출석의원 과반수의 찬성으로 의결한다. 가부 동수인 때에는 부결된 것으로 본다.

제50조 ① 국회의 회의는 공개한다. 다만, 출석의원 과반수의 찬성이 있거

나 의장이 국가의 안전보장을 위하여 필요하다고 인정할 때에는 공개하지 아니할 수 있다. ② 공개하지 아니한 회의 내용의 공표에 관하여는 법률이 정하는 바에 의한다.

제51조 국회에 제출된 법률안 기타의 의안은 회기 중에 의결되지 못한 이유로 폐기되지 아니한다. 다만, 국회의원의 임기가 만료된 때에는 그러하지 아니하다.

제52조 국회의원과 정부는 법률안을 제출할 수 있다.

제53조 ① 국회에서 의결된 법률안은 정부에 이송되어 15일 이내에 대통령이 공포한다. ② 법률안에 이의가 있을 때에는 대통령은 제1항의 기간 내에 이의서를 붙여 국회로 환부하고, 그 재의를 요구할 수 있다. 국회의 폐회 중에도 또한 같다. ③ 대통령은 법률안의 일부에 대하여 또는 법률안을 수정하여 재의를 요구할 수 없다. ④ 재의의 요구가 있을 때에는 국회는 재의에 붙이고, 재적의원 과반수의 출석과 출석의원 3분의 2 이상의 찬성으로 전과 같은 의결을 하면 그 법률안은 법률로서 확정된다. ⑤ 대통령이 제1항의 기간 내에 공포나 재의의 요구를 하지 아니한 때에도 그 법률안은 법률로서 확정된다. ⑥ 대통령은 제4항과 제5항의 규정에 의하여 확정된 법률을 지체 없이 공포하여야 한다. 제5항에 의하여 법률이 확정된 후 또는 제4항에 의한 확정 법률이 정부에 이송된 후 5일 이내에 대통령이 공포하지 아니할 때에는 국회의장이 이를 공포한다. ⑦ 법률은 특별한 규정이 없는 한 공포한 날로부터 20일을 경과함으로써 효력을 발생한다.

제54조 ① 국회는 국가의 예산안을 심의·확정한다. ② 정부는 회계연도마다 예산안을 편성하여 회계연도 개시 90일 전까지 국회에 제출하고, 국회

는 회계연도 개시 30일 전까지 이를 의결하여야 한다. ③ 새로운 회계연도가 개시될 때까지 예산안이 의결되지 못한 때에는 정부는 국회에서 예산안이 의결될 때까지 다음의 목적을 위한 경비는 전년도 예산에 준하여 집행할 수 있다. 1. 헌법이나 법률에 의하여 설치된 기관 또는 시설의 유지·운영 2. 법률상 지출 의무의 이행 3. 이미 예산으로 승인된 사업의 계속

제55조 ① 한 회계연도를 넘어 계속하여 지출할 필요가 있을 때에는 정부는 연한을 정하여 계속비로서 국회의 의결을 얻어야 한다. ② 예비비는 총액으로 국회의 의결을 얻어야 한다. 예비비의 지출은 차기 국회의 승인을 얻어야 한다.

제56조 정부는 예산에 변경을 가할 필요가 있을 때에는 추가 경정예산안을 편성하여 국회에 제출할 수 있다.

제57조 국회는 정부의 동의 없이 정부가 제출한 지출예산 각항의 금액을 증가하거나 새 비목을 설치할 수 없다.

제58조 국채를 모집하거나 예산 외에 국가의 부담이 될 계약을 체결하려 할 때에는 정부는 미리 국회의 의결을 얻어야 한다.

제59조 조세의 종목과 세율은 법률로 정한다.

제60조 ① 국회는 상호 원조 또는 안전보장에 관한 조약, 중요한 국제 조직에 관한 조약, 우호통상항해조약, 주권의 제약에 관한 조약, 강화 조약, 국가나 국민에게 중대한 재정적 부담을 지우는 조약 또는 입법 사항에 관한 조약의 체결·비준에 대한 동의권을 가진다. ② 국회는 선전포고, 국군의 외국에의 파견 또는 외국 군대의 대한민국 영역 안에서의 주류에 대한 동의권을

가진다.

제61조 ① 국회는 국정을 감사하거나 특정한 국정 사안에 대하여 조사할 수 있으며, 이에 필요한 서류의 제출 또는 증인의 출석과 증언이나 의견의 진술을 요구할 수 있다. ② 국정 감사 및 조사에 관한 절차 기타 필요한 사항은 법률로 정한다.

제62조 ① 국무총리·국무위원 또는 정부위원은 국회나 그 위원회에 출석하여 국정처리 상황을 보고하거나 의견을 진술하고 질문에 응답할 수 있다. ② 국회나 그 위원회의 요구가 있을 때에는 국무총리·국무위원 또는 정부위원은 출석·답변하여야 하며, 국무총리 또는 국무위원이 출석 요구를 받은 때에는 국무위원 또는 정부위원으로 하여금 출석·답변하게 할 수 있다.

제63조 ① 국회는 국무총리 또는 국무위원의 해임을 대통령에게 건의할 수 있다. ② 제1항의 해임 건의는 국회 재적의원 3분의 1 이상의 발의에 의하여 국회 재적의원 과반수의 찬성이 있어야 한다.

제64조 ① 국회는 법률에 저촉되지 아니하는 범위 안에서 의사와 내부 규율에 관한 규칙을 제정할 수 있다. ② 국회는 의원의 자격을 심사하며, 의원을 징계할 수 있다. ③ 의원을 제명하려면 국회 재적의원 3분의 2 이상의 찬성이 있어야 한다. ④ 제2항과 제3항의 처분에 대하여는 법원에 제소할 수 없다.

제65조 ① 대통령·국무총리·국무위원·행정 각부의 장·헌법재판소 재판관·법관·중앙선거관리위원회 위원·감사원장·감사위원 기타 법률이 정한 공무원이 그 직무 집행에 있어서 헌법이나 법률을 위배한 때에는 국회는 탄핵의 소추를 의결할 수 있다. ② 제1항의 탄핵 소추는 국회 재적의원 3분의 1 이상의 발의가 있어야 하며, 그 의결은 국회 재적의원 과반수의 찬성이 있어

야 한다. 다만, 대통령에 대한 탄핵 소추는 국회재적의원 과반수의 발의와 국회재적의원 3분의 2 이상의 찬성이 있어야 한다. ③ 탄핵 소추의 의결을 받은 자는 탄핵 심판이 있을 때까지 그 권한 행사가 정지된다. ④ 탄핵 결정은 공직으로부터 파면함에 그친다. 그러나, 이에 의하여 민사상이나 형사상의 책임이 면제되지는 아니한다.

제4장 정부

제1절 대통령

제66조 ① 대통령은 국가의 원수이며, 외국에 대하여 국가를 대표한다. ② 대통령은 국가의 독립·영토의 보전·국가의 계속성과 헌법을 수호할 책무를 진다. ③ 대통령은 조국의 평화적 통일을 위한 성실한 의무를 진다. ④ 행정권은 대통령을 수반으로 하는 정부에 속한다.

제67조 ① 대통령은 국민의 보통·평등·직접·비밀 선거에 의하여 선출한다. ② 제1항의 선거에 있어서 최고 득표자가 2인 이상인 때에는 국회의 재적의원 과반수가 출석한 공개회의에서 다수표를 얻은 자를 당선자로 한다. ③ 대통령 후보자가 1인일 때에는 그 득표수가 선거권자 총수의 3분의 1 이상이 아니면 대통령으로 당선될 수 없다. ④ 대통령으로 선거될 수 있는 자는 국회의원의 피선거권이 있고 선거일 현재 40세에 달하여야 한다. ⑤ 대통령의 선거에 관한 사항은 법률로 정한다.

제68조 ① 대통령의 임기가 만료되는 때에는 임기 만료 70일 내지 40일 전에 후임자를 선거한다. ② 대통령이 궐위된 때 또는 대통령 당선자가 사망하거나 판결 기타의 사유로 그 자격을 상실한 때에는 60일 이내에 후임자를 선

거한다.

제69조　대통령은 취임에 즈음하여 다음의 선서를 한다. "나는 헌법을 준수하고 국가를 보위하며 조국의 평화적 통일과 국민의 자유와 복리의 증진 및 민족 문화의 창달에 노력하여 대통령으로서의 직책을 성실히 수행할 것을 국민 앞에 엄숙히 선서합니다."

제70조 대통령의 임기는 5년으로 하며, 중임할 수 없다.

제71조 대통령이 궐위되거나 사고로 인하여 직무를 수행할 수 없을 때에는 국무총리, 법률이 정한 국무위원의 순서로 그 권한을 대행한다.

제72조 대통령은 필요하다고 인정할 때에는 외교·국방·통일 기타 국가 안위에 관한 중요 정책을 국민투표에 붙일 수 있다.

제73조 대통령은 조약을 체결·비준하고, 외교사절을 신임·접수 또는 파견하며, 선전포고와 강화를 한다.

제74조　① 대통령은 헌법과 법률이 정하는 바에 의하여 국군을 통수한다. ② 국군의 조직과 편성은 법률로 정한다.

제75조 대통령은 법률에서 구체적으로 범위를 정하여 위임받은 사항과 법률을 집행하기 위하여 필요한 사항에 관하여 대통령령을 발할 수 있다.

제76조　① 대통령은 내우·외환·천재·지변 또는 중대한 재정·경제상의 위기에 있어서 국가의 안전보장 또는 공공의 안녕질서를 유지하기 위하여 긴급한 조치가 필요하고 국회의 집회를 기다릴 여유가 없을 때에 한하여 최소

한으로 필요한 재정·경제상의 처분을 하거나 이에 관하여 법률의 효력을 가지는 명령을 발할 수 있다. ② 대통령은 국가의 안위에 관계되는 중대한 교전상태에 있어서 국가를 보위하기 위하여 긴급한 조치가 필요하고 국회의 집회가 불가능한 때에 한하여 법률의 효력을 가지는 명령을 발할 수 있다. ③ 대통령은 제1항과 제2항의 처분 또는 명령을 한 때에는 지체없이 국회에 보고하여 그 승인을 얻어야 한다. ④ 제3항의 승인을 얻지 못한 때에는 그 처분 또는 명령은 그때부터 효력을 상실한다. 이 경우 그 명령에 의하여 개정 또는 폐지되었던 법률은 그 명령이 승인을 얻지 못한 때부터 당연히 효력을 회복한다. ⑤ 대통령은 제3항과 제4항의 사유를 지체 없이 공포하여야 한다.

제77조 ① 대통령은 전시·사변 또는 이에 준하는 국가 비상사태에 있어서 병력으로써 군사상의 필요에 응하거나 공공의 안녕질서를 유지할 필요가 있을 때에는 법률이 정하는 바에 의하여 계엄을 선포할 수 있다. ② 계엄은 비상계엄과 경비계엄으로 한다. ③ 비상계엄이 선포된 때에는 법률이 정하는 바에 의하여 영장제도, 언론·출판·집회·결사의 자유, 정부나 법원의 권한에 관하여 특별한 조치를 할 수 있다. ④ 계엄을 선포한 때에는 대통령은 지체 없이 국회에 통고하여야 한다. ⑤ 국회가 재적의원 과반수의 찬성으로 계엄의 해제를 요구한 때에는 대통령은 이를 해제하여야 한다.

제78조 대통령은 헌법과 법률이 정하는 바에 의하여 공무원을 임면한다.

제79조 ① 대통령은 법률이 정하는 바에 의하여 사면·감형 또는 복권을 명할 수 있다. ② 일반 사면을 명하려면 국회의 동의를 얻어야 한다. ③ 사면·감형 및 복권에 관한 사항은 법률로 정한다.

제80조 대통령은 법률이 정하는 바에 의하여 훈장 기타의 영전을 수여한다.

제81조 대통령은 국회에 출석하여 발언하거나 서한으로 의견을 표시할 수 있다.

제82조 대통령의 국법상 행위는 문서로써 하며, 이 문서에는 국무총리와 관계 국무위원이 부서한다. 군사에 관한 것도 또한 같다.

제83조 대통령은 국무총리·국무위원·행정각부의 장 기타 법률이 정하는 공사의 직을 겸할 수 없다.

제84조 대통령은 내란 또는 외환의 죄를 범한 경우를 제외하고는 재직 중 형사상의 소추를 받지 아니한다.

제85조 전직 대통령의 신분과 예우에 관하여는 법률로 정한다.

제2절 행정부

제1관 국무총리와 국무위원

제86조   ① 국무총리는 국회의 동의를 얻어 대통령이 임명한다. ② 국무총리는 대통령을 보좌하며, 행정에 관하여 대통령의 명을 받아 행정 각부를 통할한다. ③ 군인은 현역을 면한 후가 아니면 국무총리로 임명될 수 없다.

제87조   ① 국무위원은 국무총리의 제청으로 대통령이 임명한다. ② 국무위원은 국정에 관하여 대통령을 보좌하며, 국무회의의 구성원으로서 국정을 심의한다. ③ 국무총리는 국무위원의 해임을 대통령에게 건의할 수 있다. ④ 군인은 현역을 면한 후가 아니면 국무위원으로 임명될 수 없다.

제2관 국무회의

제88조 ① 국무회의는 정부의 권한에 속하는 중요한 정책을 심의한다. ② 국무회의는 대통령·국무총리와 15인 이상 30인 이하의 국무위원으로 구성한다. ③ 대통령은 국무회의의 의장이 되고, 국무총리는 부의장이 된다.

제89조 다음 사항은 국무회의의 심의를 거쳐야 한다. 1. 국정의 기본계획과 정부의 일반정책 2. 선전·강화 기타 중요한 대외정책 3. 헌법개정안·국민투표안·조약안·법률안 및 대통령령안 4. 예산안·결산·국유재산 처분의 기본 계획·국가의 부담이 될 계약 기타 재정에 관한 중요 사항 5. 대통령의 긴급명령·긴급재정경제 처분 및 명령 또는 계엄과 그 해제 6. 군사에 관한 중요사항 7. 국회의 임시회 집회의 요구 8. 영전 수여 9. 사면·감형과 복권 10. 행정 각부간의 권한의 획정 11. 정부안의 권한의 위임 또는 배정에 관한 기본 계획 12. 국정처리 상황의 평가·분석 13. 행정 각부의 중요한 정책의 수립과 조정 14. 정당 해산의 제소 15. 정부에 제출 또는 회부된 정부의 정책에 관계되는 청원의 심사 16. 검찰총장·합동참모의장·각 군참모총장·국립대학교 총장·대사 기타 법률이 정한 공무원과 국영기업체 관리자의 임명 17. 기타 대통령·국무총리 또는 국무위원이 제출한 사항

제90조 ① 국정의 중요한 사항에 관한 대통령의 자문에 응하기 위하여 국가원로로 구성되는 국가원로자문회의를 둘 수 있다. ② 국가원로자문회의의 의장은 직전 대통령이 된다. 다만, 직전 대통령이 없을 때에는 대통령이 지명한다. ③ 국가원로자문회의의 조직·직무범위 기타 필요한 사항은 법률로 정한다.

제91조 ① 국가안전보장에 관련되는 대외정책·군사정책과 국내정책의 수립에 관하여 국무회의의 심의에 앞서 대통령의 자문에 응하기 위하여 국가

안전보장회의를 둔다. ② 국가안전보장회의는 대통령이 주재한다. ③ 국가안전보장회의의 조직·직무범위 기타 필요한 사항은 법률로 정한다.

제92조 ① 평화통일정책의 수립에 관한 대통령의 자문에 응하기 위하여 민주평화통일자문회의를 둘 수 있다. ② 민주평화통일자문회의의 조직·직무범위 기타 필요한 사항은 법률로 정한다.

제93조 ① 국민경제의 발전을 위한 중요 정책의 수립에 관하여 대통령의 자문에 응하기 위하여 국민경제자문회의를 둘 수 있다. ② 국민경제자문회의의 조직·직무범위 기타 필요한 사항은 법률로 정한다.

제3관 행정각부

제94조 행정 각부의 장은 국무위원 중에서 국무총리의 제청으로 대통령이 임명한다.

제95조 국무총리 또는 행정 각부의 장은 소관 사무에 관하여 법률이나 대통령령의 위임 또는 직권으로 총리령 또는 부령을 발할 수 있다.

제96조 행정 각부의 설치·조직과 직무 범위는 법률로 정한다.

제4관 감사원

제97조 국가의 세입·세출의 결산, 국가 및 법률이 정한 단체의 회계 검사와 행정기관 및 공무원의 직무에 관한 감찰을 하기 위하여 대통령 소속 하에 감사원을 둔다.

제98조 ① 감사원은 원장을 포함한 5인 이상 11인 이하의 감사위원으로 구성한다. ② 원장은 국회의 동의를 얻어 대통령이 임명하고, 그 임기는 4년으로 하며, 1차에 한하여 중임할 수 있다. ③ 감사위원은 원장의 제청으로 대통령이 임명하고, 그 임기는 4년으로 하며, 1차에 한하여 중임할 수 있다.

제99조
감사원은 세입·세출의 결산을 매년 검사하여 대통령과 차년도 국회에 그 결과를 보고하여야 한다.

제100조
감사원의 조직·직무 범위·감사위원의 자격·감사 대상 공무원의 범위 기타 필요한 사항은 법률로 정한다.

제5장 법원

제101조 ① 사법권은 법관으로 구성된 법원에 속한다. ② 법원은 최고법원인 대법원과 각급 법원으로 조직된다. ③ 법관의 자격은 법률로 정한다.

제102조 ① 대법원에 부를 둘 수 있다. ② 대법원에 대법관을 둔다. 다만, 법률이 정하는 바에 의하여 대법관이 아닌 법관을 둘 수 있다. ③ 대법원과 각급 법원의 조직은 법률로 정한다.

제103조 법관은 헌법과 법률에 의하여 그 양심에 따라 독립하여 심판한다.

제104조 ① 대법원장은 국회의 동의를 얻어 대통령이 임명한다. ② 대법관은 대법원장의 제청으로 국회의 동의를 얻어 대통령이 임명한다. ③ 대법

원장과 대법관이 아닌 법관은 대법관회의의 동의를 얻어 대법원장이 임명한다.

제105조 ① 대법원장의 임기는 6년으로 하며, 중임할 수 없다. ② 대법관의 임기는 6년으로 하며, 법률이 정하는 바에 의하여 연임할 수 있다. ③ 대법원장과 대법관이 아닌 법관의 임기는 10년으로 하며, 법률이 정하는 바에 의하여 연임할 수 있다. ④ 법관의 정년은 법률로 정한다.

제106조 ① 법관은 탄핵 또는 금고 이상의 형의 선고에 의하지 아니하고는 파면되지 아니하며, 징계처분에 의하지 아니하고는 정직·감봉 기타 불리한 처분을 받지 아니한다. ② 법관이 중대한 심신상의 장해로 직무를 수행할 수 없을 때에는 법률이 정하는 바에 의하여 퇴직하게 할 수 있다.

제107조 ① 법률이 헌법에 위반되는 여부가 재판의 전제가 된 경우에는 법원은 헌법재판소에 제청하여 그 심판에 의하여 재판한다. ② 명령·규칙 또는 처분이 헌법이나 법률에 위반되는 여부가 재판의 전제가 된 경우에는 대법원은 이를 최종적으로 심사할 권한을 가진다. ③ 재판의 전심절차로서 행정심판을 할 수 있다. 행정심판의 절차는 법률로 정하되, 사법절차가 준용되어야 한다.

제108조 대법원은 법률에 저촉되지 아니하는 범위 안에서 소송에 관한 절차, 법원의 내부 규율과 사무 처리에 관한 규칙을 제정할 수 있다.

제109조 재판의 심리와 판결은 공개한다. 다만, 심리는 국가의 안전보장 또는 안녕질서를 방해하거나 선량한 풍속을 해할 염려가 있을 때에는 법원의 결정으로 공개하지 아니할 수 있다.

제110조 ① 군사재판을 관할하기 위하여 특별법원으로서 군사법원을 둘 수 있다. ② 군사법원의 상고심은 대법원에서 관할한다. ③ 군사법원의 조직·권한 및 재판관의 자격은 법률로 정한다. ④ 비상계엄하의 군사재판은 군인·군무원의 범죄나 군사에 관한 간첩죄의 경우와 초병·초소·유독음식물공급·포로에 관한 죄중 법률이 정한 경우에 한하여 단심으로 할 수 있다. 다만, 사형을 선고한 경우에는 그러하지 아니하다.

제6장 헌법재판소

제111조 ① 헌법재판소는 다음 사항을 관장한다. 1. 법원의 제청에 의한 법률의 위헌여부 심판 2. 탄핵의 심판 3. 정당의 해산 심판 4. 국가기관 상호간, 국가기관과 지방자치단체 간 및 지방자치단체 상호간의 권한 쟁의에 관한 심판 5. 법률이 정하는 헌법소원에 관한 심판 ② 헌법재판소는 법관의 자격을 가진 9인의 재판관으로 구성하며, 재판관은 대통령이 임명한다. ③ 제2항의 재판관 중 3인은 국회에서 선출하는 자를, 3인은 대법원장이 지명하는 자를 임명한다. ④ 헌법재판소의 장은 국회의 동의를 얻어 재판관 중에서 대통령이 임명한다.

제112조 ① 헌법재판소 재판관의 임기는 6년으로 하며, 법률이 정하는 바에 의하여 연임할 수 있다. ② 헌법재판소 재판관은 정당에 가입하거나 정치에 관여할 수 없다. ③ 헌법재판소 재판관은 탄핵 또는 금고 이상의 형의 선고에 의하지 아니하고는 파면되지 아니한다.

제113조 ① 헌법재판소에서 법률의 위헌 결정, 탄핵의 결정, 정당 해산의 결정 또는 헌법 소원에 관한 인용 결정을 할 때에는 재판관 6인 이상의 찬성이 있어야 한다. ② 헌법재판소는 법률에 저촉되지 아니하는 범위 안에

서 심판에 관한 절차, 내부 규율과 사무 처리에 관한 규칙을 제정할 수 있다. ③ 헌법재판소의 조직과 운영 기타 필요한 사항은 법률로 정한다.

제7장 선거관리

제114조 ① 선거와 국민투표의 공정한 관리 및 정당에 관한 사무를 처리하기 위하여 선거관리위원회를 둔다. ② 중앙선거관리위원회는 대통령이 임명하는 3인, 국회에서 선출하는 3인과 대법원장이 지명하는 3인의 위원으로 구성한다. 위원장은 위원 중에서 호선한다. ③ 위원의 임기는 6년으로 한다. ④ 위원은 정당에 가입하거나 정치에 관여할 수 없다. ⑤ 위원은 탄핵 또는 금고 이상의 형의 선고에 의하지 아니하고는 파면되지 아니한다. ⑥ 중앙선거관리위원회는 법령의 범위 안에서 선거관리·국민투표관리 또는 정당사무에 관한 규칙을 제정할 수 있으며, 법률에 저촉되지 아니하는 범위 안에서 내부 규율에 관한 규칙을 제정할 수 있다. ⑦ 각급 선거관리위원회의 조직·직무 범위 기타 필요한 사항은 법률로 정한다.

제115조 ① 각급 선거관리위원회는 선거인 명부의 작성 등 선거 사무와 국민투표 사무에 관하여 관계 행정기관에 필요한 지시를 할 수 있다. ② 제1항의 지시를 받은 당해 행정기관은 이에 응하여야 한다.

제116조 ① 선거운동은 각급 선거관리위원회의 관리 하에 법률이 정하는 범위 안에서 하되, 균등한 기회가 보장되어야 한다. ② 선거에 관한 경비는 법률이 정하는 경우를 제외하고는 정당 또는 후보자에게 부담시킬 수 없다.

제8장 지방자치

제117조   ① 지방자치단체는 주민의 복리에 관한 사무를 처리하고 재산을 관리하며, 법령의 범위 안에서 자치에 관한 규정을 제정할 수 있다. ② 지방자치단체의 종류는 법률로 정한다.

제118조   ① 지방자치단체에 의회를 둔다. ② 지방의회의 조직·권한·의원선거와 지방자치단체의 장의 선임 방법 기타 지방자치단체의 조직과 운영에 관한 사항은 법률로 정한다.

제9장 경제

제119조   ① 대한민국의 경제질서는 개인과 기업의 경제상의 자유와 창의를 존중함을 기본으로 한다. ② 국가는 균형 있는 국민 경제의 성장 및 안정과 적정한 소득의 분배를 유지하고, 시장의 지배와 경제력의 남용을 방지하며, 경제 주체간의 조화를 통한 경제의 민주화를 위하여 경제에 관한 규제와 조정을 할 수 있다.

제120조   ① 광물 기타 중요한 지하자원·수산자원·수력과 경제상 이용할 수 있는 자연력은 법률이 정하는 바에 의하여 일정한 기간 그 채취·개발 또는 이용을 특허할 수 있다. ② 국토와 자원은 국가의 보호를 받으며, 국가는 그 균형 있는 개발과 이용을 위하여 필요한 계획을 수립한다.

제121조   ① 국가는 농지에 관하여 경자유전의 원칙이 달성될 수 있도록 노력하여야 하며, 농지의 소작제도는 금지된다. ② 농업 생산성의 제고와 농지의 합리적인 이용을 위하거나 불가피한 사정으로 발생하는 농지의 임대차

와 위탁 경영은 법률이 정하는 바에 의하여 인정된다.

　제122조 국가는 국민 모두의 생산 및 생활의 기반이 되는 국토의 효율적이고 균형 있는 이용·개발과 보전을 위하여 법률이 정하는 바에 의하여 그에 관한 필요한 제한과 의무를 과할 수 있다.

　제123조　① 국가는 농업 및 어업을 보호·육성하기 위하여 농·어촌 종합 개발과 그 지원 등 필요한 계획을 수립·시행하여야 한다. ② 국가는 지역 간의 균형 있는 발전을 위하여 지역 경제를 육성할 의무를 진다. ③ 국가는 중소기업을 보호·육성하여야 한다. ④ 국가는 농수산물의 수급균형과 유통 구조의 개선에 노력하여 가격 안정을 도모함으로써 농·어민의 이익을 보호한다. ⑤ 국가는 농·어민과 중소기업의 자조 조직을 육성하여야 하며, 그 자율적 활동과 발전을 보장한다.

　제124조 국가는 건전한 소비행위를 계도하고 생산품의 품질 향상을 촉구하기 위한 소비자 보호운동을 법률이 정하는 바에 의하여 보장한다.

　제125조 국가는 대외 무역을 육성하며, 이를 규제·조정할 수 있다.

　제126조 국방상 또는 국민경제상 긴절한 필요로 인하여 법률이 정하는 경우를 제외하고는, 사영기업을 국유 또는 공유로 이전하거나 그 경영을 통제 또는 관리할 수 없다.

　제127조　① 국가는 과학기술의 혁신과 정보 및 인력의 개발을 통하여 국민 경제의 발전에 노력하여야 한다. ② 국가는 국가표준제도를 확립한다. ③ 대통령은 제1항의 목적을 달성하기 위하여 필요한 자문기구를 둘 수 있다.

제10장 헌법개정

제128조 ① 헌법 개정은 국회 재적의원 과반수 또는 대통령의 발의로 제안된다. ② 대통령의 임기 연장 또는 중임 변경을 위한 헌법 개정은 그 헌법 개정 제안 당시의 대통령에 대하여는 효력이 없다.

제129조 제안된 헌법 개정안은 대통령이 20일 이상의 기간 이를 공고하여야 한다.

제130조 ① 국회는 헌법 개정안이 공고된 날로부터 60일 이내에 의결하여야 하며, 국회의 의결은 재적의원 3분의 2 이상의 찬성을 얻어야 한다. ② 헌법 개정안은 국회가 의결한 후 30일 이내에 국민투표에 붙여 국회의원 선거권자 과반수의 투표와 투표자 과반수의 찬성을 얻어야 한다. ③ 헌법 개정안이 제2항의 찬성을 얻은 때에는 헌법 개정은 확정되며, 대통령은 즉시 이를 공포하여야 한다.

부칙

제1조 이 헌법은 1988년 2월 25일부터 시행한다. 다만, 이 헌법을 시행하기 위하여 필요한 법률의 제정·개정과 이 헌법에 의한 대통령 및 국회의원의 선거 기타 이 헌법 시행에 관한 준비는 이 헌법 시행 전에 할 수 있다.

제2조 ① 이 헌법에 의한 최초의 대통령 선거는 이 헌법 시행일 40일 전까지 실시한다. ② 이 헌법에 의한 최초의 대통령의 임기는 이 헌법 시행일로부터 개시한다.

제3조 ① 이 헌법에 의한 최초의 국회의원 선거는 이 헌법 공포일로부터 6월 이내에 실시하며, 이 헌법에 의하여 선출된 최초의 국회의원의 임기는 국회의원 선거 후 이 헌법에 의한 국회의 최초의 집회일로부터 개시한다. ② 이 헌법 공포 당시의 국회의원의 임기는 제1항에 의한 국회의 최초의 집회일 전일까지로 한다.

제4조 ① 이 헌법 시행 당시의 공무원과 정부가 임명한 기업체의 임원은 이 헌법에 의하여 임명된 것으로 본다. 다만, 이 헌법에 의하여 선임 방법이나 임명권자가 변경된 공무원과 대법원장 및 감사원장은 이 헌법에 의하여 후임자가 선임될 때까지 그 직무를 행하며, 이 경우 전임자인 공무원의 임기는 후임자가 선임되는 전일까지로 한다. ② 이 헌법 시행 당시의 대법원장과 대법원 판사가 아닌 법관은 제1항 단서의 규정에 불구하고 이 헌법에 의하여 임명된 것으로 본다. ③ 이 헌법 중 공무원의 임기 또는 중임 제한에 관한 규정은 이 헌법에 의하여 그 공무원이 최초로 선출 또는 임명된 때로부터 적용한다.

제5조 이 헌법 시행 당시의 법령과 조약은 이 헌법에 위배되지 아니하는 한 그 효력을 지속한다.

　제6조 이 헌법 시행 당시에 이 헌법에 의하여 새로 설치될 기관의 권한에 속하는 직무를 행하고 있는 기관은 이 헌법에 의하여 새로운 기관이 설치될 때까지 존속하며 그 직무를 행한다.

찾아보기

ㄱ

국민주권주의 43, 187, 197
국민투표권 154
국가배상청구권 154
권력분립의 원칙 83, 85, 134
경제 민주화 65
과잉금지원칙 162, 163
기본권 제한 158, 176

ㄷ

대의제 민주주의 71, 72, 76, 80, 81

ㅁ

몽테스키외 84
무죄추정의 원칙 173

ㅂ

변론주의 173

ㅅ

사회권 106, 153, 154
사회계약론 42, 115
사유재산제도 68
삼권분립 83

ㅇ

인권 105, 133, 134, 143
위헌법률심판 180, 181

ㅈ

자유시장경제질서 55, 56, 60
자유권 106, 131, 132, 134, 136, 137, 146, 153
장 자크 루소 42
재판청구권 154, 171, 172
직업공무원 74
존 로크 42, 84

ㅊ

천부인권 133, 146, 154
청구권 106, 154
참정권 107, 154, 190

ㅍ

평등권 106, 113, 114, 120, 121, 122,
132, 146, 153

ㅎ

학생인권조례 156, 164
헌법재판소 68, 78, 84, 85, 124, 165,
177~184
헌법소원 181
행복추구권 153, 165

헌법
다시
읽기

ⓒ 양지열, 2017

초판 1쇄 발행일 2017년 3월 27일
초판 8쇄 발행일 2022년 8월 5일

지은이   양지열
펴낸이   정은영

펴낸곳   (주)자음과모음
출판등록 2001년 11월 28일 제2001-000259호
주소   10881 경기도 파주시 회동길 325-20
전화   편집부 (02)324-2347, 경영지원부 (02)325-6047
팩스   편집부 (02)324-2348, 경영지원부 (02)2648-1311
이메일   jamoteen@jamobook.com

ISBN 978-89-544-3724-0 (44080)
     978-89-544-3135-4 (set)

이 도서의 국립중앙도서관 출판예정도서목록(CIP)은 서지정보유통지원시스템 홈페이지
(http://seoji.nl.go.kr)와 국가자료공동목록시스템(http://www.nl.go.kr/kolisnet)에서
이용하실 수 있습니다.(CIP제어번호: CIP2017006741)

이미지는 shutterstock에서 라이센스를 받았으며, wikipedia와 공공기관의 적법한 절차를 거쳐 사용하였습니다.